KB058329

서로의 마음을 산책 중

서로의 마음을 산책 중

따뜻한 신혼의 기록,
유부의 마음

자토 글·그림

시공사

안녕하세요. 자토입니다. 결혼은 남의 일이라고 생각했던 제가 갑작스럽게 결혼하여 유부초밥이 되었습니다. 유부초밥이 된 기분이 어떠냐고요?

회전초밥집에 가면 레일 위로 회초밥들이 돌고 있습니다. 자세히 보면 유부초밥 역시 그 사이에 끼어서 열심히 돌고 있죠. 다른 초밥들은 먹음직스러운 회를 등에 올리고 반짝반짝 빛나려고 노력하지만 유부초밥은 그냥 유부초밥처럼만 보이면 됩니다. 마치 그런 기분이에요.

그래서 서운하냐고요?
그렇지 않습니다.
가끔 신선한 회들이
부러울 때도 있지만

달달

따끈
따끈

'유부'라는 옷이
투박해 보여도 포근하고
달착지근하잖아요.

아~~~

게다가 유부초밥을
좋아하는 사람은
꼭 있게 마련입니다.
아, 제 옆에는
저를 좋아해주는 남편
'코기'가 있네요.

등장인물

안녕하세요.

자토/ 30세/ 작가 겸 일러스트레이터

자취 생활 10년 차, 고심 끝에 '자취 토끼'의 준말로 '자토'라는 필명을 만들었다. 그러나 생각지도 않은 결혼으로 1년 만에 의미 상실. 우유를 좋아하나 유당불내증이 있으며 비 오는 날을 좋아하나 반곱슬, 겨울을 좋아하나 수족냉증이 심하다.
이렇게 좀처럼 마음대로 되지 않는 삶이나 손발이 따뜻한 남편, 코기를 만나 온도를 나누며 살고 있다.

좋아하는 것: 여행, 수면 양말

수면 양말 챙겼지?

자토가 여행 갔으니까 몰래 컵라면을 먹어볼까?

싫어하는 것: 라면 먹는 코기

코기/ 32세/ 회사원

코기가 코기를 안고 있는 모습.

자토의 남편. '웰시코기'의 준말로 '코기'라는 별명을 가짐. 웰시코기를 닮았기 때문에 강아지를 좋아하는 자토와 결혼에 성공했다는 소문이 있다. 자타가 인정하는 외조의 왕으로 '자토의 남편'이라 불리는 것을 좋아하며, 아무도 시키지 않았는데 '자토의 매니저'라는 직함을 가지고 있다.
긍정적이고 사람 친화적(?)인 성격이나 가끔 알 수 없는 똥고집을 발휘한다.

좋아하는 것: 범죄 스릴러 드라마

사실 내가 3년 전에 죽였거든, 히히. (살인범)

오~~~
(흥미진진)

싫어하는 것: 공포 영화

사실 나는 3년 전에 죽었거든, 히히. (귀신)

싫어어어어~~

1 장

2장

3장

모두가 나를 좋아할 수 없다는 사실을

까먹지 않았으면 좋겠다.

욕심부리지 않고,

지금의 나를 좋아해주는 사람이 있다는

사실 하나에도 오롯이 행복하고 싶다.

결혼을 하고 나니 생각지도 못했던 순간들에서
이전에는 겪어보지 못한 설렘을 느끼고 있다.
이렇듯 설렘의 순간들은
시간이 지나도 다른 모습들로 변해
계속해서 우리 곁에 존재하리라고 믿는다.

코기의 선물

코기는 퇴근길에

자토에게 줄 간식거리를 사는 일을 좋아합니다.

특별한 것을 사지는 않아요.
보통 지나가다가 보이는 것을 삽니다.

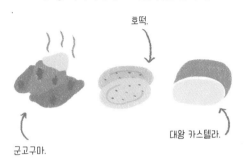

하지만 막상 저녁을 먹고 나면 배가 불러서
간식은 조금밖에 먹지 못하고,

코기는 군것질을 잘 하지 않아서 남은 것은
집에서 작업을 하는 자토가 다음 날 의무적으로 처리합니다.

결국 혼자 먹다가 질려서 버리는 경우가 많은데,
이럴 때면 자토는 항상 죄책감이 듭니다.

하지만 자토는 코기에게 "항상 남으니까
간식은 안 사 와도 돼"라고 말할 생각이 없습니다.

퇴근길에 자토가 좋아할 것 같은 무언가를 사 들고 오면서

콧노래를 부를 코기의 기분을
어느 정도 알 것 같기 때문입니다.

'음식을 버리는 것은 나쁘지만
이런 사정이 있으니 조금은 봐주세요….'
이렇게 생각하는 자토입니다.

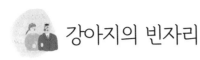

강아지의 빈자리

자토는 자취하던 시절, 강아지를 키우고 싶었습니다.

레트리버 인형, 태식이.

하지만 정말 강아지를 키운다면
자토가 회사에 있는 동안 강아지는 온종일 혼자 있어야 하지요.

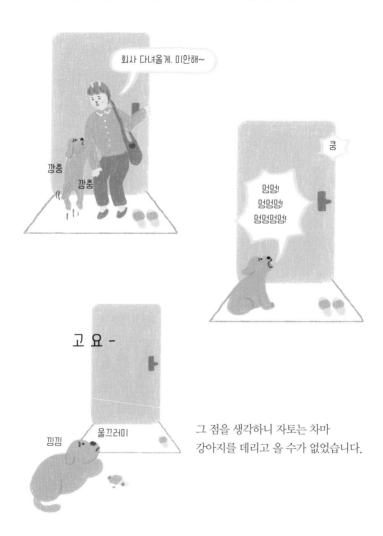

그 점을 생각하니 자토는 차마
강아지를 데리고 올 수가 없었습니다.

그래서 언젠가 좋아하는 사람을 만나서 결혼해,

집에 사람이 있는 시간이 많아지면
꼭 강아지를 키우겠다고 생각했습니다.

그런데 막상 결혼을 하고 보니….

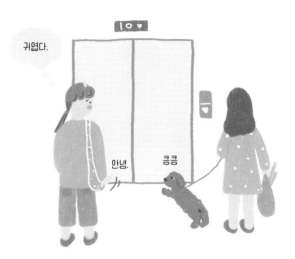

이상하게 그 빈자리가 채워지는 것이었습니다.

자토가 강아지를 데리고 오는 일은
조금 더 미루어질 것 같네요.

개
같은
코기

   나는 "코기는 정말 개 같아"라는 이야기를 많이 한다. 이 말을 뱉었을 때 상대방이 그 뜻을 '이 개 같은 상황!' 혹은 '개짜증 나'의 '개'로 이해하면 곤란하니까 바로 설명에 들어가야 한다. 내가 말하고 싶은 '개'는 그 '개'가 아니라 진짜 '개'라고. '강아지'라고 표현하면 조금 나을지도 모르지만 강아지랑은 또 미묘하게 다르다. 음… 코기는 정말 개 같으니까. 어떤 점이 개 같은 건지 설명하기는 어렵다. 생김새, 성격, 하는 행동까지 그냥 닮았다. 그래서 코기를 아는 사람은 내가 설명하지 않아도 "아~ 정말 그러네" 하고 인정하곤 한다.

   그래서 나는 처음 봤을 때부터 코기가 호감이었다. 생판 모르던 사람이었는데 그냥 마음을 열었다. 한때는 한눈에 반한 게 아니었는지 생각해봤는데 그것과는 확실히 달랐다. 떨리는 감정이 없고 오히려 편했다. 유추해보면 이렇다. 나는 어렸을 때부터 개를 사랑했다. 사나우니까 조심하라는 주인의 말을 듣고도 몰티즈에게 손을 내밀어 물리기도 했다. 이렇게 모든

개에게 오픈 마인드였으니 코기를 본 순간부터 호감을 느꼈으리라. 그리고 사랑으로 발전했던 것이리라. 이렇게 내 마음대로 결론을 내렸다.

내가 개를 좋아하는 것만큼 코기도 개를 좋아한다. 연애 시절부터 우리는 애견 카페에 자주 다녔고, 페이스북에 올라온 귀여운 개 영상을 서로 공유했으며, 결혼하면 같이 키울 개 이름을 무엇으로 지을지가 자주 화두에 올랐다. 그러나 막상 결혼을 하고 나니 이상하게도(아니, 당연하게도?) 개를 키워야겠다는 생각이 잦아들었다.

그래도 늦은 저녁 공원에서 산책을 할 때면 개를 데리고 나오는 사람들이 부럽다. 그럴 때 우울한 목소리로 "나만 개 없어"라고 말하면 코기가 옆에서 조용히 "여기 나 있잖아"라고 속삭인다. 역시 본인도 잘 알고 있는 듯하다.

라면과 코기

코기는 라면을 매우 좋아합니다.

결혼 전엔 무려 이틀에 한 번은 라면을 먹었다고 하니까요.

자토는 코기가 라면으로 끼니를 때우는 것이
마음에 들지 않습니다.

코기가 오래오래 건강했으면 좋겠으니까요.

다행히 결혼을 하고 나니 어느 정도 라면 통제력이 생겼습니다.

이런 식으로 말입니다.

(며칠 후)

앗, 그런데 오늘은 웬일인지 자토가 라면을 먹어도 된다고 합니다.

그럼 그렇죠.
라면이 먹고 싶다고
솔직하게 말하기 싫은 자토와

아무래도 상관없는 행복한 코기였습니다.

위기의
라면
바보

'자취생의 필수품은 뭐니 뭐니 해도 라면!'이라고 생각하는 사람들이 많겠지? 하지만 10년 동안 자취생이었던 나에게는 맞지 않는 이야기였다. 마트에 갔다가 혹시나 해서 라면을 사다 놓으면 그중 몇 개는 꼭 유통기한이 지나서 버리곤 했다. 자취생 시절, 라면보다는 분식집에서 파는 야채김밥이 주식이었던 나는 '자취생에게 필수는 뭐니 뭐니 해도 김밥천국!'에 한 표를 던지겠다. 그러나, 지금은 집에 있는 라면들이 유통기한을 넘겨 쓰레기통에 들어가는 일은 없다. 그 전에 코기에게 다 잡아먹혀버리니까. 불쌍하게도 우리 집 라면들의 생은 짧다.

라면은 조금 특별한 상황에서 먹어야 맛있지 않나? 예를 들면,

1. 장기간 해외여행에 챙겨 간 컵라면
2. 놀러 갔을 때 여럿이 먹기 위해 커다란 냄비에 다섯 개 정도를 한꺼번에 끓인 라면

3. 술 먹은 다음 날 부엌까지 기어가서 간절한 마음으로 끓인 라면

이 순으로 맛있다. 여기까지는 나의 이론. 하지만 코기의 이론은 '라면은 매일, 아무 때나 먹어도 항상 맛있다'이다. 어휴.

라면에 대한 서로의 생각은 다를 수 있어도 인스턴트 라면이 몸에 좋지 않다는 것은 엄연한 사실. 나는 뒷면에 떡하니 적혀 있는 영양 성분(나트륨 함유량은 아무리 확인해도 믿기지 않아서 몇 번을 들여다본다)을 근거로 코기가 라면을 자주 먹지 못하게 한다. 라면을 막고자 하는 나의 근거는 '건강을 위해서'이고, 라면을 먹고자 하는 코기의 근거는 '라면 마이쩡'이니까 당연히 내가 이긴다. 코기는 결혼과 동시에 사랑하는 라면과의 만남에 큰 위기를 맞았다.

하지만 사람은 위기 속에서 성장한다고 했던가. 코기는 나날이 발전 중이다. 예를 들면, 내가 샤워하는 동안 몰래 컵라면을 뚝딱하고 들킬까 봐 쓰레기를 분리수거 통 맨 아래에 숨겨놓는다. 그리고 배부르지 않은 척까지, 코기가 제일 치밀한 순간이다. 분리수거를 할 때 다 먹은 신상 컵라면 컵이 맨 아래 고이 깔려 있는 걸 두 번이나 발견했다. 참 나, 귀여워서 봐줬다. 하지만 전에 사놓은 라면이 아직 남아 있는데 몰랐다면서 또 라면을 사오는 건 더는 통하지 않을 것이다!

물론 내가 라면이 먹고 싶을 때는 참 좋다. "라면?" 하고 말만 꺼내면 코기가 후다닥 달려가서 계란에 파까지 넣어 뚝딱뚝딱 끓여주니까. 언제 어디서든 라면을 끓이는 것은 귀찮은 적이 없었다고 말하는 이 라면 바보, 생이별까지는 시키지 않을게. 적당히 먹읍시다.

그건 그렇고, 코기의 친구가 이번 화를 보고 코기의 생일 선물로 신라면

한 박스를 택배로 보내주는 사태가 발생했다. 코기는 라면 박스를 들고 사진을 찍는 등 신이 났다. 코기는 참 좋은 친구를 뒀네. 부들부들.

술 취한 코끼리

코기는 잘 때 가끔 술 취한 코끼리 소리를 냅니다.
술 취한 코끼리 소리는 아마 코끼리도 못 낼 거예요.

그럴 땐 자토가 여러 가지 방법을 시도합니다.

첫 번째 방법, 코 막기.

효과는 있었지만
죄책감이 들어 실패.

두 번째 방법, 베개 빼기 또는 자세 바꿔주기.

세 번째 방법, 잠간 깨워서 멈추게 하기.

(그리고 어느덧)

코기의 코골이가 멈춘 건지,
자토가 지쳐서 잠든 건지는 알 수 없습니다.
어쨌든 오늘은 성공했네요.

어떻게
코골이를
견디는가

친구들이랑 수다를 떨다가 코골이에 관한 이야기가 나왔다. 친구들 대
부분이 코를 고는 남자랑은 결혼 못 할 것 같다는 이야기를 했다. 나는 속
으로 생각했다. '하하하, 너희가 아무리 그렇게 이야기해도 성인 남성 다섯
명 중 한 명은 코를 곤다는 글을 어디선가 읽었지(정확하지는 않다. 왠지
더 많을 것 같은데), 통계적으로 봤을 때 어쩔 수 없이 너희 중 한 명은 코
를 고는 남자랑 결혼할 것이다!' 그런데 여기 모인 우리는 다섯 명… 그 한
명이 나잖아?

코기는 가끔 코를 곤다고 내가 말하자 한 친구가 순수한 의도로 코 고
는 사람 옆에서 도대체 어떻게 자냐고 물어봤다. 음… 나도 분명 괴롭긴 하
다. 처음에는 코골이를 멈추게 하려고 코기의 베개도 빼보고, 코도 막아보
고, 잠깐 깨워보기도 하는 등 고군분투했다. 그리고 결국 아무것도 통하지
않는다는 사실을 깨달았다. 그래서 침대 옆 서랍에는 고3 때나 쓰던 주황색
귀마개가 항시 대기 중이다. 끼고 자면 아침에는 두 쪽 다 귀에서 빠져 있

어서 이불을 들추며 침대 위를 훑어야 한다.

이 사실을 안 코기는 술을 마시고 온 어느 날, 코를 골아서 나를 깨울까 봐 거실에서 잠을 잤다. 소파에 쭈그린 자세로 자고 있는 코기를 보니 마음이 짠했다. 코를 고는 건 본인이 컨트롤할 수 없는 거잖아! 미안해할 필요 없다고!

게다가 코기는 자기 전에 내 어깨를 주물러주기도 하고, 내가 원하면 언제든 팔베개도 해준다. 그리고 겨울에는 수족냉증 때문에 얼음 조각 같은 내 발을 기꺼이 자신의 허벅지 밑에 껴주기도 한다. 인간 난로가 따로 없다. 그래서 코 고는 건 귀마개 하나면 참을 수 있다.

하지만 친구에게는 이 모든 말을 생략하고 너그러운 얼굴로 "그냥 난 뭐, 괜찮아"라고 이야기했다. 그러자 나는 코골이를 '그냥' 참아주는 아주 천사 같은 아내가 되었다. 참, 그리고 가끔 내가 대각선으로 잔다는 것도 말하지 않았다.

순대가 잘못했네

연애 시절의 이야기입니다.

자토는 평소처럼 통화를 하고

평소처럼 코기를 만나서

평소처럼 배고픔을 어필한 다음

평소처럼 메뉴를 선택했을 뿐인데….

순댓국밥집에서 프러포즈를 받아버렸습니다.

…라고 불만을 터뜨리고 왔지만

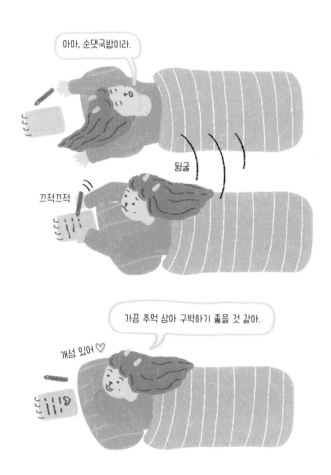

사실 '꽤 신선한 프러포즈였지'라고 생각하고 있습니다.

어떤
프러포즈

양가 부모님께 허락을 받고, 상견례를 진행하고, 결혼식장과 날짜까지 잡은 후에 하는 프러포즈에는 대답이 "예스"일 수밖에 없다. 하는 사람도 받는 사람도 안다. 시시하다. 그런데 한국에서는 보통 그렇다. 어쩔 수 없다. 결혼을 하기 위한 복잡한 절차가 있고, 그것들을 적당히 지키지 않으면 부모님들 중 몇 분은 노하신다. 그렇게 되면 결혼을 아름답게 진행하기란 매우 어려워진다.

요 몇 년 사이에 작은 결혼식들이 인정받으면서 결혼 문화가 많이 변하고 있다고는 해도 여전히 사랑만으로는 하기 힘든 것이 바로 결혼이다. 그래서 당사자들의 의사를 확인하는 프러포즈는 아이러니하게도 가장 뒤로 미룬다. 모든 것이 확실해질 시점으로.

그런 식의 프러포즈라면 별로 내키지 않는다. 그래서 나는 아무것도 결정되지 않았을 때, 순댓국밥집에서 코기가 나의 의사를 처음 물어본 그 말을 프러포즈라고 생각하기로 했다. 코기의 프러포즈는 단순하긴 해도 꽤 로맨틱했다. 순대 안에 은가락지라도 넣어두어 씹다가 놀라서 순대 면발을 뽑었더라면 더 로맨틱했을 텐데 아쉽게도 그런 건 없었다. 나는 이런 프러포즈에 예스를 외치고 결혼을 했다.

후에 코기는 형식적인 다른 프러포즈도 해줬다. 결혼 한 달 전, 레스토랑을 예약하고 목걸이를 사서 말이다. 시시할 것이라고 생각했지만 막상 받아보니 기분은 좋았다. 프러포즈는 진심만 있으면 순서는 어찌 됐든 로맨틱한 것인가 보다.

당하는 자

자토는 코기가 집중할 때
간지럼 태우는 것을 좋아합니다.

반대로, 코기가 자토를 방해할 때는

역시나 자토가 간지럼을 태웁니다.

살'겨'
성인

언제부터 시작한 건지 모르겠지만 나는 하루도 빠짐없이 코기를 간지럼 태우고 있다. 아마도 코기가 간지럼을 잘 탄다는 것을 알아버린 순간부터 였겠지. 코기의 반응이 너무 재밌기도 하고. 어쨌든 웃고 있으니까 나도 기쁜 기분이랄까? 내가 돈 많이 벌어서 벤츠는 못 태워줘도 간지럼은 많이 태워줄게, 코기.

코기가 가장 취약한 곳은 알기 쉽게도 겨드랑이와 목 그리고 발바닥이다. 원래는 겨드랑이만 간지럼을 탄다고 알고 있었는데 목이랑 발바닥은 안 간지러운 척 참다가 어느 날 결국 들켜버렸다. 유전을 발견한 기분이었다. 야호!

어쩜 이렇게 간지럼을 태우고 싶게 생겼는지. 코기를 실제로 보면 다들 이해할 거다. 내가 간지럼을 태우고 싶어하는 건 순전히 그렇게 생긴 코기 잘못이다. 가끔 내가 기분이 좋지 않을 때면 코기는 눈을 꾹 감고 팔을 번쩍 들어 기분이 나아질 때까지 마음껏 간지럼을 태우라고 이야기해주기도 한다. 그럴 때면 살'겨'성인의 자세에 감동받는다.

그런데 어느 날 코기가 방에서 티셔츠를 들고나와 거세게 항의했다. 집에서 입는 티셔츠 겨드랑이 부분에 구멍이 뚫린 것이다. 깜짝 놀라 확인해 보니 정말 겨드랑이 부분에만 구멍이 뽕뽕 뚫려 있다. 그것도 양쪽 다! 우왓, 신기하다. 아니, 그렇다고 정색하고 항의하다니! 안 되겠다! 간지럼 맛 좀 봐라!

심쿵의 순간은 언제까지

와락 안길 때의 향,

이따금 보여주는 매우 고전적인 매너,

그리고 헤어지자마자 보고 싶다는 말을 듣는 게 좋았습니다.

결혼하면 이런 설레는 순간들이
모두 없어져버리는 것은 아닐까 생각했습니다.

하지만 걱정과는 다르게
결혼 후에는 또 다른 순간들을 맞이하게 되었습니다.

(잠시 후)

앗, 없어졌다!

멋쟁이!

핑긋-

깨끗-

비우려던 쓰레기통이 이미 비워져 있을 때.

분리수거 하고 올게.

한 번에? 이거 다 하고 같이 가.

괜찮아.

어마어마한 재활용품들을 한 큐에 해결할 때.

물물물.

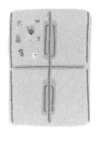

새 물이네.

잉?!

쉽게 돌아감.

생수병 뚜껑을
미리 열어놓았을 때도 심쿵.

결혼 후에도 심쿵의 순간은 무궁무진했습니다.

설렘의
모습들

　　결혼 전 내가 가장 두려워했던 건 '변할지도 모르는 마음'이었다. 오래된 부부들에게서 "이제는 정으로 살지 뭐"라는 식상한 이야기를 들을 때마다 아무렇지 않은 그들과는 다르게 나는 씁쓸함을 느꼈다. '그 정이라고 하는 것은 뜨거운 커피를 담았던 머그잔 안에 식어 달라붙은 커피 자국 같은 걸까' 하고 생각했다.

　　코기와 나도 결혼을 한다면, 이때까지 느껴왔던 파릇한 연애의 감정들이 결혼 생활 속에서 시들어버리지 않을까 두려웠다. 결혼식장에서 들고 있던 부케 속 싱그럽던 꽃들이 일주일도 되지 않아 '다 그때뿐이지' 하고 시들어버리듯 우리도 그러면 어떡하냐고.

　　그러나 결혼을 하고 나니 생각지도 못했던 순간들에서 이전에는 겪어보지 못한 설렘을 느끼고 있다. 퇴근 시간에 맞춰서 깜짝 마중을 나갔더니 코기가 누구보다 기쁜 표정을 지어줄 때, 내가 넘어질까 봐 샤워 후 욕실의 물기를 싹 닦아놨을 때, 시답지 않은 농담을 하며 같이 뒹굴거릴 때조차 나의 마음은 반짝였다.

　이런 설렘의 순간들은 시간이 지나도 다른 모습들로 변해 계속해서 우리 곁에 존재하리라고 믿는다. 누군가는 '정'이라고 표현한 것이겠지. 그럼 나는 그 모습들을 열심히 찾아낼 것이고 '아, 이것이 설렘의 또 다른 모습이구나!' 하고 기뻐할 테다.

아니요, 남편이에요

자토와 코기가 함께 다니면 종종 듣는 말이 있습니다.

이런 말을 들으면
자토는 왠지 뿌듯한 기분이 듭니다.

점원의 노련한 상술이라고는
생각하지 못하는 부부입니다.

업그레이드
되었습니다

지난밤, 숨을 못 쉴 정도로 기침이 심해져서 코기가 나를 응급실에 데리고 갔다. 응급실에 간 건 지난여름 원인을 알 수 없는 두드러기가 온몸에 났을 때 이후로 두 번째다. 응급실은 '응급'이란 말만으로도 무서운데 그곳에 환자가 있다면 더 무서워진다.

'저 사람은 어디를 다쳐서 왔을까.'
'엄청 아프겠다.'
'으… 피다….'

이러다 보면 왠지 나도 더 아파오는 것이다. 아직 혼자 살고 있었다면 버티고 버티다가 어쩔 수 없이 119에 실려 왔겠지. 남편이 있어서 좋은 점! 고집 피우다가 흉한 몰골로 119에 신세 지기 전에 응급실에 억지로 끌고 가준다.

응급실에서 피검사를 마치고 링거액을 꽂는데 간호사가 코기를 스윽 쳐다보더니 "남자 친구분이 참 잘 챙겨주셔서 좋겠어요"라고 이야기했다. 간호사가 돌아간 뒤, 우리는 놓치지 않고 "아우 참, 어려 보여서 큰일이네" 하고 기분 좋게 투덜댔다.

마치 회사원 시절, 어떤 티켓을 살 때 "학생이시죠?"라는 말을 들으면 괜히 기분이 좋았던 것처럼, 부부가 되니까 "연인이세요?"라는 게 그런 말이 되어버린 것 같다. '어려 보이나?'라고 생각하는 것과 동시에 속으로 '아니요. 저희 한층 더 업그레이드되었어요'라고 뿌듯해한다.

시간이 흘러서 '누가 봐도 부부'가 되어버리면 또 어떤 말들이 우리를 뿌듯하게 만들어줄까.

"아직 신혼이시죠?"
"아니요, 벌써 10년 차입니다."

뭐 이 정도일까. 그런 말을 할 날이 온다는 게 믿기지 않지만, 아쉽게도 금방이겠지.

아재의 길

어이~ 자토!

포동포동

이상한 위치에서 튀는 넥타이.

결혼하고 급격하게
살이 찌는 남자들을 보면
귀엽기도 하지만

A-JEA World

?

'아… 이제 그도 아재의 길로
접어든 것인가'
하는 생각이 들어서

바이 바이.

나 괜찮아?

진짜 멋있어! 결혼해도
이 모습 유지해야 해!

당연하지.
나도 살찌는 거
싫어.

(턱시도 피팅 중)

결혼 전, 자토와 코기는
지금 몸무게를 유지하기로 다짐했습니다.

그러나 자토와 코기는 평범했고

맛있는 것을 먹일 때의 행복.

만든 음식을 다 먹어줄 때의 행복.

쉬는 날 집에서 함께 먹는 닭발과 맥주의 행복.

평범한 사람이 누릴 수 있는 소소한 행복이란
생각보다 어마어마하여

그 행복을 포기하지 못하고
결국은 코기도 아재의 길을 걷게 되었습니다.

(그리고 어느 날)

자토는 오랜만에 만난 지인이 하는 말을 듣고
코기의 뱃살에 대한 본인의 이중성을 깨달았습니다.

코기를 보고 장난으로 "으~ 완전 아재 아재~"라는 말을 할 때가 있었
는데 이제 코기는 정말 아재가 되었다. 결혼했으니 어엿한 아저씨 맞지. 난
아줌마고.

나는 서른 살, 코기는 서른두 살. 올해로 우리 집의 20대는 사라졌다. 그
런데 가끔 나는 아직도 20대인 줄 알고 까분다. 아니, 20대이고 싶어서 까
부는 건가. 연예인들을 볼 때 당연히 나보다 오빠이겠거니 했는데 알고 보
니 동생일 때는 기분이 묘하다. 난 왜 자신을 이렇게 과소평가할까. 정신
차려! 이제 군인 아저씨가 아니라 군인 동생들이라고!

그래도 누군가와 함께 나이 먹고 있으니 한결 마음이 편하다. 둘이 붙
어 있으면 온종일 유치한 장난의 연속인데(서로의 콧구멍을 손가락으로 막
거나, 무반주로 말도 안 되는 춤을 추거나, 아무도 못 알아듣는 성대모사로
상황극을 하면서 논다) 가끔 우리가 언제까지 이렇게 천진난만할 수 있을
까 하는 생각이 든다.

어느 순간 우리가 시답지 않은 장난을 더는 치지 않게 되었다는 사실을 깨닫게 되면 어떨까? 안 돼! 그건 너무너무 슬퍼. 이런 생각이 들 때면 끊임없이 새로운 장난을 만들어내야겠다는 사명감이 생긴다. 코기도 그럴까. 그래서 열받게 자꾸 내 머리를 통통 치고 장난을 거는 걸까. 하하.

그래, 우리 얼굴은 쭈글쭈글해져도 허파는 쭈글쭈글해지지 말자. 평생 허파에 바람 들어간 것처럼 실없는 일에도 웃으며 살고 싶으니까.

놀라줘서 고마워

자토는 코기를 놀라게 하는 일을 좋아합니다.

왜냐하면, 코기가 놀랄 때 나오는 소리와 표정이 재미있기 때문이지요.

가끔은 기뻐서 놀라줬으면 하기도 합니다.

코기도 마찬가지입니다.
자토를 깜짝 놀라게 하고 싶어합니다.

도리어 놀라게 되는 코기였습니다.

서프라이즈

코기에게 가장 놀랐던 일을 꼽자면, 아… 음… 생각이 안 난다. 코기는 서프라이즈 선물을 못 한다. 정말로.

나의 지난 생일 즈음에는 이상하게 서재 문을 꼭꼭 닫아놓기에 들어가보니 책상 옆에 숨겨둔(너무 티가 나서 숨겨둔 건지 그냥 둔 건지 헷갈림) '누가 봐도 선물 상자'를 발견했다. 못 참고 몰래 풀어봤더니 평소 내가 가지고 싶어했던 보라색 지갑이었다. 나는 지갑을 다시 포장해서 고이 두고 나왔다. 당장 들고 다니고 싶은데 생일 때까지 참느라고 혼났다.

또 어느 날은 멀어서 평소에는 절대 가지 않는 이태원의 한 트렌디한 레스토랑에 나를 데려가겠다고 했다. 예약까지 해놓았다고 전날부터 잔뜩 들떠 있었다. 코기가 예약하고 식당에 가는 걸 본 적이 없는데…. '아~ 제대로 다시 하겠다던 프러포즈인가?' 생각했는데 역시나 프러포즈였다. 테이블 밑에는 눈에 띄게 새빨간 쇼핑백이 있었다. '아마도 목걸이인가?' 하고 생각했는데 역시나 목걸이였다.

그날만큼은 철저하게 놀라는 척 연기를 해야 했다. 연기력이 좋지 않은 편이라 분명히 어색했을 거다. 그래도 행복했다. 다만 나의 연기력이 조금 마음에 걸린다. 뭐, 상관없다. 코기가 계속 이런 식이라면 나의 연기력도 차차 늘겠지.

미역국과 돈가스

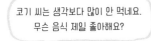

코기 씨는 생각보다 많이 안 먹네요.
무슨 음식 제일 좋아해요?

직장 동료 시절,
사내 식당.

냠냠

자토와 코기는
회사 선후배로
처음 만났습니다.

전 역시 미역국이 최고인 것 같아요.
먹어도 먹어도 질리지가 않아요.

오호….

자토는 좋아하는
음식으로 미역국을
꼽은 코기가

결혼할 사람은 되게 편하겠군.

뭔가 생각지도
못한 답변이네요.

되게 순박하다고 생각했습니다.

그런가요?

그냥 지금 생각나는
음식을 말함.

그날 이후 코기는
돈가스 맛집을 미친 듯이 검색했고

첫 데이트 신청을 돈가스로 했습니다.

(일주일 뒤)

카톡!

코기: 선배, 홍대에 맛있는 돈가스집이 있는데 같이 먹으러 갈래요?

엥? 웬 돈가스?

본인이 좋아한다고 말한 것도 까먹음.

90년대 데이트 느낌이네. 경양식집에라도 데리고 가려나.

하하

자토는 돈가스의 순박함에 또 넘어갔고,

데이트 신청도 참 순박하구먼.

자토: 그게 어딘데요?ㅋㅋㅋ

이때까지만 해도 본인이 전에 생각했던 '되게 편한 사람'이 될 줄은 상상도 못 했다고 합니다.

단순한
답

"제일 좋아하는 노래가 뭔가요?"

"제일 좋아하는 음식은 뭐예요?"

"제일 좋아하는 계절은?"

　이런 종류의 질문을 들었을 때 나는 항상 시원한 답을 못 낸다. 적당히 다 좋기 때문이다. 예를 들면 나는 어딘가 낭만적인 겨울이 좋다. 근데 사실 여름의 푸르름도 좋아하고, 봄의 활기도, 가을의 쓸쓸함도 나름 다 좋아하는데… 뭐 이런 식이다. 답답하지요? 저도요.

　좋아하는 것들 중에서도 1번을 꼽아 말해야 하는데 그게 참 어렵다. '가장 좋아하는 노래를 A라고 말했는데 집에 와서 더 좋아하는 노래가 생각나면 어떡하지?' 이런 쓸데없는 생각들로 머리가 가득 차버린다. 지금도 A라고 쓰는 대신 생각나는 노래를 쓰면 될 텐데 못 쓴다. 나중에 싫어지면 어떡해…

이런 내가 돈가스라니! 내가 정말 좋아하는 음식을 돈가스라고 말했던가? 좋아하는 음식을 물어보자마자 미역국이라고 대답한 코기의 단순함에 넘어간 것일까. 그날 이후로 코기에게 나는 돈가스로 보였단다. 며칠 내내 나만 보면 '검색해놓은 홍대 돈가스 맛집에 데리고 가야 하는데…'라고 생각했다니 말이다.

돈가스를 좋아하긴 하지만… 참고로 나는 돈가스보다는 초밥을 좋아한다. 하지만 가끔은 질리기도 하지. 그리고 보면 질리지 않고 좋아하는 건 야채김밥인 것 같다. 그런데 김밥천국에 가면 오므라이스를 제일 잘 시키는데… 아니, 그래도 춘천 닭갈비가 짱인 것 같아. 아! 생각났다! 양꼬치! 그만하겠습니다.

뭐가 좋은 건지

코기, 나 고민이 있어.

심각

고민? 뭔데!

나… 이 집에 이사 온 이후로….

응! 무슨 일 있어?

벌떡!

코딱지가 너무 많이 생기는 것 같아!
너무너무 답답하고 찝찝해!

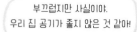

부끄럽지만 사실이야.
우리 집 공기가 좋지 않은 것 같아!

으음….

(며칠 뒤)

여기가 푸른빛이면 지금 공기가 맑다는 의미예요.
붉어지면 나쁘다는 거고요. 그럼 공기청정기가
작동해서 다시 푸른빛으로 변할 거예요.

와아~

이렇게 집 안의 공기가 의심되는 사건이 발생해서
큰마음 먹고 공기청정기를 렌털했습니다.

그러나 이상하게도 공기청정기가
붉은빛으로 바뀌는 경우는 거의 볼 수 없었습니다.

그래서인지 언제부터인가 자토와 코기 부부는
공기가 좋지 않은 것을 반가워하게 되었습니다.

 # 다툰 날

친구들을 만난 어느 날.

결혼하고 코기랑 싸운 적 있어?

그럼, 당연히 있지.

잠깐 바람 좀 쐬고 올게.

쌩

음….

친구들의 질문에
자토는 결혼하고 처음 다툰 날이 떠올랐습니다.

집 앞 공원 벤치.

이상하게도 코기가
미운 것보다는

롤쩍

이대로 코기를 쭉 미워하게 될까 봐,
그런 자신이 걱정되었습니다.

이제 내가 미워하면
안 되는 사람이 됐잖아.
행복하게 살 거란 말이야.

으엉

자토는 연애할 때와는 다른,
처음 느껴보는 중압감에
혼란스러웠습니다.

자토는 정확한 이유를 생각해내지 못합니다.
너무 시시한 일이라 말하기 쑥스러운 건지도 모르죠.

누르지 마,
스위치

　우리는 다툰다. 너그럽다가도 특정 주제가 입 밖에 나오면 둘 다 슈퍼 좀생이가 된다. 그러니까 그 특정 주제는 우리의 '전투 모드' 스위치이다. 다른 커플들도 그런 스위치가 하나씩 있을까? 우리에게는 아주 큰 스위치가 딱 하나 있는데, 작은 스위치가 여러 개인 커플들도 있겠지?

　스위치가 한번 켜지면 사랑하는 상대가 세상에서 제일 미워지는 아이러니한 상황에 빠지게 된다. 미워하면 안 되는 사람이 미워지는 건 혼란스럽고 우울한 일이다. 그러다 보면 싸운 이유는 두루뭉술해지고 싸움 자체에 상처를 받는다. 그리고 그 순간 엄청나게 삐뚤어지고 싶어진다.

　중학교 2학년 아이처럼 문을 쾅 닫고 뛰쳐나가고 싶지만 난 소심한 서른이니까 어쩔 수 없이 "잠시만 요 앞에 나갔다 올게. 걱정하지 마. 금방 올 거야"라고 친절하게 이야기하고 집 앞 공원으로 뛰쳐나간다. 그러면 10분도 안 되어서 코기한테 전화가 온다. 받지 않는다. '아니, 내가 그냥 확 나와버린 것도 아니고, 나온 지 10분도 안 됐다고. 날 혼자 놔둬, 코기!!'라고 생각하지만 한편으로는 고맙다. 10분은 너무 이르지만 아예 전화가 안 오면 그것도 나름대로 속상할 테니까.

그런데 나중에 생각해보면 싸운 이유가 뭐였는지 잘 기억이 나질 않는다. 당시에는 부부 일생일대의 사건이었지만 우리는 여전히 쿵작쿵작 잘 지내고 있다. 그런 걸 알면서도 우리는 가끔 서로의 스위치를 누른다.

바보들, 언제까지 이럴 거니. 부부 싸움은 칼로 물 베기라잖아. 아니다. 부부 싸움은 꿈에서 칼로 사람 베기다. 당시에는 나름 심각하니까. 꿈에서 깨서도 몇 시간 혹은 며칠은 찝찝할 것이다. 그러나 시간이 흐르면 잊는다. 어차피 꿈이니까. 어차피 우리는 사랑하니까. 우리 쓸데없는 감정 소비 그만하자, 코기.

좋아하는 길

자토와 코기가 같이 좋아하는 운동은 그나마 자전거 타기입니다.

자전거 타고 한 바퀴 돌고 올까?

좋지!

갈 때는 자토가 좋아하는 길,
올 때는 내가 좋아하는 길이다!

오키!

하지만 좋아하는 코스는
또 다릅니다.

자토는 식물이 많은 길을
지나가는 것을 좋아하지만,

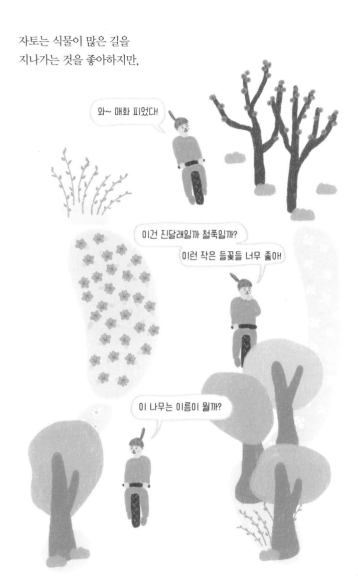

코기가 좋아하는 건 음식점이 많은 길.
구경하는 것만으로도 왠지 즐거워합니다.

이런 반응도 같은 맥락이라고 생각됩니다.

배드민턴을 치자

자토가 결혼 전에
기대했던 일 중 하나.

둘이 살면 언제든

배드민턴을 칠 수 있다는 점.

자취 시절, 자토는 배드민턴을 치고 싶을 때
가볍게 만날 수 있는 상대가 없어서 항상 아쉬웠습니다.

그런데 결혼 후,
그렇게 바라던 배드민턴 상대가 생긴 것입니다.

그러나 현실은, 심각한 운동 부족 부부였습니다.

어제 친 배드민턴 때문이라는 것은
한참 뒤에야 알게 되었습니다.

배드민턴의
계절은 쉽게
오지 않는다

　결혼 후 기다리던 첫 봄이 왔다고 느꼈을 때, 배드민턴 채를 사러 룰루랄라 홈플러스에 갔다. 다양한 가격대의 배드민턴 채가 진열되어 있었다. 가장 싼 것을 사자니 나의 수려한 실력이 싸구려 채로 인해 떨어지진 않을까 걱정이 됐다. 그렇다고 비싼 것을 사자니 아무리 봐도 색상 말고는 별 차이 없어 보이는데⋯. 그래서 적당히 중간 가격대의 채를 골랐다.

　계산을 하는데 대학생 때 들었던 마케팅 관련 강의 내용 중 한 가지가 생각났다. 극단을 기피하는 소비자의 심리를 이용해 판매하고자 하는 상품을 중간 가격대로 설정하는 소비 유인법이 있다는 것! 아, 그게 나 같은 사람에게 먹히는 방법이구나⋯. 왜 그게 지금 생각났을까. 시험 때나 생각나지. 그 수업 C 받았던 것 같은데. 분하다. 일단 배드민턴을 빨리 치고 싶으니까 그냥 넘어가는 걸로 하고.

　집에 도착해서 코기랑 아파트 단지 내 공원으로 나갔다. 바람도 불지 않고 배드민턴 치기 딱 좋은 날씨였다. 둘이서 처음 치는 배드민턴이라 승부

욕에 불타올랐다. 여기서 지면 평생 하수 꼬리표가 붙는다! 통통통통 열심히 쳤지만 코기의 승리로 끝났다.

"내가 이기면… 헉헉, 코기가… 헉헉, 얼마나 부끄럽겠어. 헉헉, 봐준 거야! 헉헉."

그리고 같이 나란히 앉아서 한참을 쉬었다. 운동을 하니 역시 기분이 좋았다. 아까 먹은 제육볶음은 다 분해되어서 에너지로 쓰였겠지? 지방이 쌓일 틈이 없구먼, 하하.

"와, 이거 운동 된다. 자주 치자!"
"응! 근데 우리 얼마나 쳤지?"
"보자… 13분?!"

그 후로 어쩐 일인지 우리는 한 번도 배드민턴을 치지 않았고, 우리에게 배드민턴의 계절은 다시 오지 않았다.

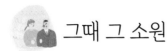

그때 그 소원

자토는 결혼 후 가끔 그 일이
문득 떠오릅니다.

3년 전, 어떤 연애 끝에 상처받고
프라하에 갔을 때 머릿속은
그 사람으로 꽉 차 있었습니다.

그리고 그곳에서 소원을 들어준다는 동상에 건강도 돈도 아닌,
제대로 된 사람을 좀 만나게 해달라고 기도했지요.

얀 네포무츠기 신부 동상.

사람을 만나게 해주세요.
평생 함께할 수 있는,
착하고 좋은 사람으로 부탁드립니다.

그리고 3년 후, 자토 옆에는 코기가 있습니다.

모닝 포옹~

일어났어?

아마도 얀 네포무츠기 신부님이
소원을 들어주신 것 같습니다.

좋은 신부님.
소원 잘 들어주셨네.

자토의 욕심은 끝이 없지만요.

자토의
추천

　여러 번의 실연을 거쳐서 결국 난 좋은 사람을 만났다. 이럴 줄 미리 알고 있었더라면 그때랑 또 그때, 좀 덜 슬퍼했어도 됐을 텐데. 그냥 그렇게 지나가도 될 인연이었다는 것을 모르고 당시 나는 내 인생의 마지막 사랑이라고 생각했다. 그래서 한참을 마음 쓰며 시간을 보냈다. 지금 막 실연한 친구들아, 너무 마음 상해하지 마세요. 당신을 매정하게 떠나려고 하는 인연은 놓아주세요. 분명히 더 좋은 사람이 나타날 것입니다. 제가 장담합니다!

　혹시나 그 사람을 더 빨리 만나고 싶다면, 체코의 얀 네포무츠기 신부님을 찾아가보세요. 저의 투정 같았던 소원도 이루어진 것을 보니 잘 들어주시는 것 같습니다. 아, 인연도 인연이지만 부자 되게 해달라고 비는 것도 잊지 말고요. 전 못 했거든요…. 그리고 추천인 자토도 잘 살고 있다고 한 번 언급해주시길.

코기는 나를 만나기 전에
다른 사람을 좋아하고 있었다.
그리고 그 사람과 잘 안 되었기 때문에
솔로 상태였고, 그래서 나를 만날 수 있었다.
코기는 이게 바로 행운이라고 이야기한다.

2장

그런 거 아니야

운전할 때 자토가 음악을 틀면

코기가 노래를 따라 부릅니다.

그 모습을 가만히 보고 있으면

휴대전화 벨 소리를 따라서
열심히 짖는 멍멍이가 생각나서
자토는….

잘 불러서
그런 거 아니에요.

오늘의 셰프는 비공개

코기는 쉬는 날이면 요리를 자주 해줍니다.

(메인 셰프는 콧노래를 부르며 요리를 하고,
조수는 눈물을 흘리며 양파를 써는 모습)

(잠시 후)

코기는 요리 프로그램을 좋아해서인지 실력이 꽤 좋습니다.

그리고 그 후, 평화로운 시간.

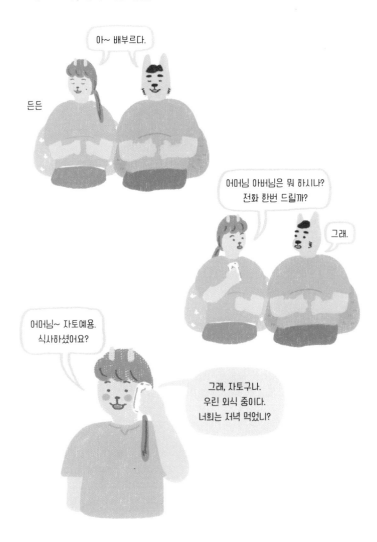

네~ 저희는 방금 집에서 카레 먹었어요.

아, 그래~ 자토가
맛있는 것도 많이 해주고
코기는 좋겠네, 호호.

아… 하하하하. 네.
외식은 되도록 자제하려고요. 하하.

당황
당황

??

어머님은 당연히 자토가 카레를
만들었을 거라고 생각하셨고,
자토는 차마 아니라고
말할 수 없었습니다.

121

아까 어머님이 당연히 내가 만들었다고 생각하셨나 봐.
그런데 나도 코기가 만든 거라고 말 못 했지 뭐야.

ㅋㅋㅋ

뭐, 굳이 말하지 않아도 되지 않을까?
대신 장모님께는 꼭 내가 했다고 얘기해야 해!

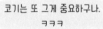

코기는 또 그게 중요하구나.
ㅋㅋㅋ

비밀이지만

그림이 좋아져서 회사를 그만뒀다. 운 좋게도 그림을 그리고 글을 써서 돈을 벌 기회들이 생겼다. 나는 말로만 듣던 프리랜서가 되었다. 하지만 아직 '맞벌이'라고 말하기에는 쑥스러울 정도로 적은 돈을 벌고 있다. 가끔 '내가 회사에 계속 다녔더라면 넉넉한 삶을 살 수 있었겠지' 하는 생각을 한다.

그러다 보면 문득 예전 상사들의 얼굴이 떠오른다. 나에겐 의미 없던 엑셀과 PPT 파일들도. 매일같이 퇴직금을 계산해보던, 하고 싶은 일을 평생 찾지 못할까 봐 불안해하던 내 모습도 떠오른다. 그렇게 보람 없이 하루하루를 보냈는데 이제는 오로지 내 작업에만 시간을 투자할 수 있다니! 그래서 '내가 회사에 계속 다녔더라면…'이라는 생각은 결국 '돈이 적더라도 감사할 따름이다'로 끝난다. 코기가 출근한 시점부터 집에 돌아올 때까지 단단해진 마음으로 작업을 한다. 돈이 되든 되지 않든.

그런 와중에 자토도 온종일 일하고 있지 않느냐며 회사에 다녀와서도 집안일을 함께해주는 코기가 내 신랑이다. 코기가 요리를 해줄 때는 동네방

네 자랑하고 싶다.

"동네 사람들! 여기 와서 제 신랑 좀 보세요! 신랑이 삼계탕을 했어요!"

그치만 시어머니에게는 왠지 비밀로 하게 된다. 이렇게 멋진 신랑이지
만… 역시 비밀로 해야 할 것 같다. 그래서 비밀이지만, 아들을 이렇게 따
뜻한 사람으로 키워주셔서 감사하고 있습니다!

우울한 날

위로가
되어주는
사람

  나는 눈물이 너무 많다!! 아주 어렸을 때부터 그랬다. 언젠가는 이것이
인생 최대의 고민이기도 했다. 울고 있는데 왜 우느냐고 다그치는 사람이
가장 미웠다. "내가 울고 싶어서 우는 게 아니라고! 나도 우는 게 아주 지긋
지긋하다고!"라고 말하고 싶지만 목이 메어 말이 제대로 안 나온다. 억지로
라도 내뱉으려고 하면 염소처럼 목소리가 떨려서 더 서럽다.

  한번 터진 눈물은 멈출 수 없으니 이는 더 이상 나의 관할이 아니다. 그
래서 왜 이렇게 계속 우느냐고 다그치는 건 염소한테 "넌 똥이 왜 이렇게
작고 동글동글하냐!"라고 다그치는 것과 같다. 그건 염소 마음대로 되는 것
이 아니라고! 물론 나랑 염소는 귓등으로도 안 듣겠지만.

  그래서 결혼 전, 우울할 때면 도리어 혼자라서 다행이라고 생각했다. 우는
모습은 바보 같아서 아무한테도 보여주기 싫으니까. 하지만 결혼을 하고도
어쩔 수 없이 우울한 날은 찾아왔다. 눈물을 숨기지 못하고 코기를 붙잡고 엉
엉 울어버린 그날, 코기는 두서없는 말들을 총동원해 나를 위로했다.

사실, 그 말들 중 딱히 위로가 되는 내용은 없었다. 그것보다는 이런 나를 보여줘도 되는 사람이랑 살고 있다는 사실이 어찌나 위로가 되던지. 엉망인 나를 괜찮다며 한없이 기다려주는 사람이 내 옆에 있었다.

　눈물을 겨우 멈춘 후, 부은 눈이 민망해서 "감수성이 풍부해서 그런 거야. 엄청 유명해질 작가잖아"라고 말하니까 코기가 피식 웃는다. '바보 같은 날엔 혼자가 좋아'라는 생각이 조금 바뀐 날이었다.

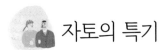

자토의 특기

자토는 살면서 다른 사람들보다
더 많이 해봤다고
자신하는 일이 세 가지 있습니다.

첫 번째, 컵 엎기.
(세상에서 와인 잔이 제일 무서움.)

두 번째, 발가락 찧기.
(새끼발가락뿐 아니라 모든
발가락을 잘 찧습니다.)

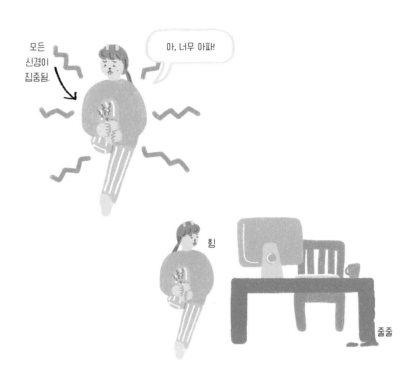

세 번째, (예상대로) 머리 받기.

이건 말로 설명하기 힘든 어떤 '유전'이라고 생각합니다만….

하지만 그건 결국 핑곗거리일 뿐,
이런 쓸데없는 특기를 가진 자토는 본인에게 질려버렸습니다.

그런데 옆에서 그 특기를 봐주는 사람이 생긴 다음부터는

약간 위로가 되는 것 같습니다.

작아지거나
커지는
일

'자신에게 질려버리는 순간은 누구에게나 있겠지'라고 생각하는 것도 5초, '그런데 저 사진 속 휘황찬란한 사람도 자신이 싫어질 때가 있을까?' 또 이렇게 그들과 자신을 비교하는 사이에 나는 쭈글쭈글 쪼그라든다. 이런 식으로 점점 작아져서 아주 사라져버릴까 봐 두려웠다.

아니, 사실은 아예 사라져버리길 바란 적도 있다. 이것이 진정한 쭈그리의 마음이지. 하지만 아직 사라져버릴 만큼 작아지는 일은 없었다. 가장 가까운 누군가의 한마디, 한마디가 나를 탁탁 두들기고 쫙쫙 펴줘서 조금씩 다시 크게 만들어줬기 때문이다.

그러고 보니 나, 지금은 예전보다도 훨씬 커진 것 같다. 너무 커버려서 코기보다 키도 크다(사실이다).

저녁 메뉴 정하기

자토와 코기가 저녁 메뉴를 정하는 방법은 다양합니다.

(집에 들어가는 길)

오늘은 조금 열받지만,
연상법으로 저녁 메뉴를 정했습니다.

불 켜주세요

아무리 노력해도

기쁜 일 하나
일어나지 않을 때는

아무리 움직여도 켜지지 않는 센서 등 아래에 있는 기분입니다.

앞이 깜깜해서 어쩔 줄 모르고 있으면

가끔 코기가 너무나도 쉽게 불을 켜줄 때가 있습니다.

정작 코기는 자토가 왜 고마워하는지 모르겠지만요.

깜깜한
곳에서

　며칠간이나 기분이 어두울 때가 있다. 특별한 하나의 이유 때문은 아니고 마음에 걸리는 자잘한 일들이 촘촘하게 겹쳐져서 마음속 빛을 가려버렸기 때문이다. 친구들과 이야기를 나누면서 이런 암흑 같은 시간이 나에게만 오는 건 아니라는 사실을 겨우 알아냈다. 다들 느끼는 감정이구나. 뭐, 그렇다고 위로가 되는 건 아니지만.

　이럴 때는 손을 휘젓고 점프를 해서 다시 불을 밝혀보려는 노력도 별 소용없다는 사실도 알았다. 그냥 시간이 흘러서 촘촘하게 겹쳐진 안 좋은 일들이 조금씩 느슨해지길 기다리는 수밖에. 어쨌든 불은 다시 켜질 테니.

　그런데 요즘에는 그런 시기가 찾아와도 너무 금방 기분이 밝아져서 놀란다. 혼자 어둠 속에서 벗어나려는 노력도 하지 않은 채 궁상떨고 있으면 코기가 다가와서 "여기서 뭐 하는데?" 하고 불을 켜버린다. 아이고, 깜짝이야. 이렇게나 쉽게?!

　나도 다른 사람들에게 불을 켜줄 수 있는 존재가 되고 싶다. 코기에게도, 가족에게도, 친구들에게도, 그리고 나의 그림을 보는 사람들에게까지. 아주 깜깜한 곳에서는 작은 빛도 큰 힘을 발휘하는 것처럼 내 존재도 그러하였으면 좋겠다.

아무 말도 안 했는데

멀뚱멀뚱

진짜 아무것도 안 함.

빠직

집중력

으...

멍-

아무 말도 하지 않고 자토를 움직이게 하는 건
코기의 특기입니다.

프리랜서이지만
3교대입니다

코기는 외국인 전용 카지노 회사에 다니고 있다. 우리의 인연을 만들어 준(그리고 《오늘도 솔직하지 못했습니다》를 쓰게 해준) 애증의 회사이다. 우리는 다른 팀 선후배 사이로 처음 알게 되었다. 내가 선배. 그렇다. 나는 회사 5년 차의 노련미를 이용해 마음에 드는 후배를 꼬셔서 결혼한 선배이다. 음하하.

그 비법은 다음에 상세하게 전수하기로 하고, 코기는 딜러는 아니지만 업무 특성상 3교대로 근무를 하고 있다. 3교대는 모닝 타임(오전 6시~오후 2시), 데이 타임(오후 2시~오후 10시), 나이트 타임(오후 10시~오전 6시)으로 도는데, 보통 두 달에 한 번씩 근무 시간이 바뀐다. 쉬는 요일도 매달 바뀐다. 주말에 손님이 많기 때문에 보통 평일에 이틀씩 쉬게 한다.

나도 회사에 다닐 때는 1년 정도 현장에서 3교대 근무를 했다. 3교대로 근무할 때는 친구들을 만나는 것이 쉽지 않다. 주말에 근무하고 평일 생활 패턴도 달라서(나이트 타임일 때면 근무가 끝나는 아침 6시에 동료들과 24시간 술

집을 찾아 소맥을 말기 시작한다) "퇴근하고 8시에 홍대에서 맥주 한잔?" 이
것이 안 된단 말이다.

그래서 카지노에는 사내 커플이 많은 것 같다. 하지만 어렵게 사내 커플
이 되어도 근무 타임이 달라지면 데이트는 더 어려워진다. 또 연애 사실이
회사에 알려지면 박수를 쳐주며 '3교대도 연애 성공!'이라고 적힌 상패를 주
지는 못할망정 냉정하게 타임을 갈라버린다. 3교대 회사원들의 연애는 참
고달파. 응원 좀 해달란 말이에요!

그런 의미에서 내가 회사를 관두고 프리랜서가 되어 다행이다. 내가 다
른 회사에라도 다녔더라면 둘이 함께 보내는 시간이 반의반으로 줄었을 텐
데. 프리랜서인 덕에 나의 생활 패턴은 자동으로 코기에게 맞춰진다. 나 혼
자 아무도 시키지 않은 3교대를 돌고 있다. 코기가 출근하면 나도 작업을
시작하고, 코기가 퇴근하면 그 시간에 맞춰 함께 밥을 먹고, 또 코기가 쉬
는 날을 나도 쉬는 날로 정한다. 휴가도 코기에게 맞출 수 있다. 코기도 이
점을 좋아한다.

하지만 나도 마감이 가까워진 기간에는 어쩔 수 없다. 코기가 쉬는 날이
라도 "나 오늘은 일 좀 해야겠는데" 하고 이야기한다. 코기는 항상 "응~ 작
업해. 난 괜찮아"라고 대답하지만 시무룩해진 멍멍이 표정을 감추지 못한
다. 조금 미안한 마음으로 작업 방에 들어간다. 그러면 코기가 30분마다 방
에 찾아온다.

"자토, 뭐 필요한 거 없어?"

30분 뒤.

"덥지? 선풍기 가져다줄까?"

또 30분 뒤.

"아이스 홍차 타줄까?"

　　고맙게도 일하고 있는 나에게 이것저것 해주는 게 좋은가 보다. 그럴 때
마다 나는 '에라, 모르겠다!' 하고 다 내팽개치고 코기랑 놀고 싶어 안절부
절못하게 되는 줄도 모르고…. 혹시 알면서 그러는 건가? 그런 거야, 코기?
그런 거라면 그만해. 너무 잘 통하고 있다고!

최대 수혜자 혹은 피해자

자토는 책을 읽다 보면 작가의 성격에 매력을 느끼곤 합니다.

이 작가처럼 살아야겠다는 마음이 극에 달하고

활활 불타오를 때,

가장 큰 수혜자 혹은 피해자는 제일 가까운 곳에 있는 코기입니다.

(그리고 3일 뒤)

사람은 좀처럼 변하기 어렵고,
아쉽게도 자토는 자토였습니다.

코기는 수혜자이자 피해자이며, 또 좋은 핑곗감입니다.

마음처럼
변하지 못하는
나여도

나는 항상 변하고 싶다. 누가 '좋아요'를 눌러주기 전에도 나의 글, 그림 그리고 나의 모든 모습에 자신감을 가지고 싶다. 나에 대한 부정적인 생각은 아주 가끔만 하고 싶다.

당당하고 싶다. 당당한 얼굴로 "그건 별로입니다. 이유는 그냥 제가 그렇다고 생각하기 때문입니다"라고 이야기하고 싶다. 비판받는다면 다시 한 번 생각해보되 의기소침해지지 않았으면 좋겠다.

멋진 사람을 보고 비교하거나 자책하지 않았으면 좋겠다. 나는 여기서 몇 번째일까 세어보는 일은 없었으면 좋겠다. 옷차림에 따라 나의 태도가 변하지 않았으면 좋겠다.

마음에 없는 말은 굳이 하지 않고 싶다. 특히 글을 쓸 때, 누구보다도 솔직하고 싶다. 솔직한 글을 써도 부끄러워하지 않고 싶다. 모두가 나를 신경 쓰고 있다는 착각을 하지 않았으면 좋겠다.

모두가 나를 좋아할 수 없다는 사실을 까먹지 않았으면 좋겠다. 욕심부

리지 않고, 지금의 나를 좋아해주는 사람이 있다는 사실 하나에도 오롯이
행복해하고 싶다.

　이렇게 생각하지만 맘처럼 변하지 못하는 나여도,
　언제나 나는 나를 사랑했으면 좋겠다.

죄책감 따위

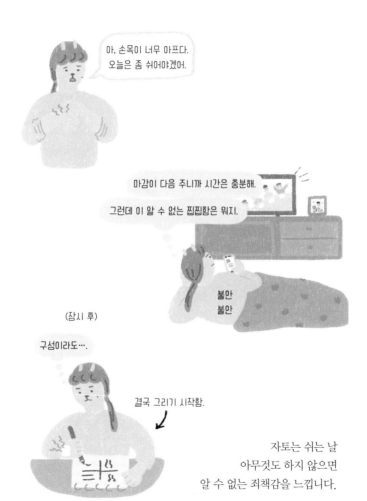

아, 손목이 너무 아프다.
오늘은 좀 쉬어야겠어.

마감이 다음 주니까 시간은 충분해.

그런데 이 알 수 없는 찝찝함은 뭐지.

불안
불안

(잠시 후)

구성이라도….

결국 그리기 시작함.

자토는 쉬는 날
아무것도 하지 않으면
알 수 없는 죄책감을 느낍니다.

그런데 함께 빈둥거릴 공범이 생기자

죄책감 따위는 들지 않게 되었습니다.

마무리는 배달 음식.

오히려 빈둥대는 날도 있어야 한다는 생각이 듭니다.

마이너스
곱하기
마이너스

매일 몇 시간씩 그림을 그리다 보니 오른쪽 손목에 혹이 생겼다. 4년 전에는 왼쪽 손목에 혹이 생겼다. 회사에서 온종일 컴퓨터 자판을 두드릴 때였다. 그때 수술을 하고 생긴 2센티미터 정도의 긴 흉터가 아직까지 남아 있다.

흉터가 없어지지 않아서 속상하긴 하지만 손목이 약하다는 이야기를 해야 할 때는 유용할지도 모른다. 예를 들면 요가 수업을 받을 때 손목으로 지지하는 동작이 나오면 나 혼자 따라 하지 못하는데, 선생님이 시키려고 다가오면 "전 못해요. 수술했거든요" 하고 상처를 보여줌으로써 쉽게 넘어갈 수 있을 것이다. 그러나 중요한 건 난 지금 요가 학원에 다니지 않는다. 즉, 이 상처는 정말 쓸모없다.

그런데 혹이 또 생기다니!! 조금 쉬엄쉬엄해야겠다는 생각이 들었다. 그러나 쉬는 것도 어렵다. 혼자 빈둥거리며 하루를 보내면 알 수 없는 죄책감이 밀려와 우울해진다. 뒹굴거리는 동안 아무에게도 피해를 주지 않았는데

이 죄책감은 왜 생기는 걸까. 누구를 향한 죄책감인가. 아마도 내 남은 생의 소중한 하루가 마이너스된 것 같다는 생각 때문이겠지.

이상한 건, 코기와 함께 빈둥대면 그런 기분이 들지 않는다. 마이너스 곱하기 마이너스는 플러스이기 때문일까. 오늘은 이런 생각을 하며 함께 빈둥대고 있다.

어떤 점이 좋아?

자토는 어제저녁 일이 생각납니다.

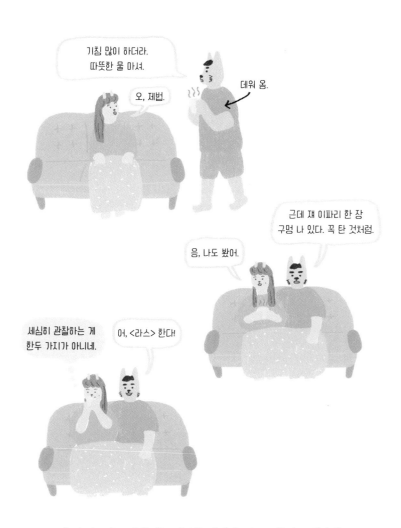

자토는 '코기도 집에 있는 나무를 자세히 보는구나' 하고 생각했고,
그 점이 왠지 따뜻하게 느껴졌습니다.

하지만 자토는 친구들이 예의상 물어보는 말에
간략하게 답해야 한다는 것을 알고 있습니다.

코기의
감성

코기는 집에 새로 들어온 사물들에 이름을 부여하는 것을 좋아한다. 그리고 이름을 붙이고 나면 정말 그 사물에 영혼이 있다고 생각하는 것 같다. 처음에는 내 인형들의 이름을 잘 불러주는 모습을 보고 '나에게 잘 맞춰주는구나'라고 생각했다. 하지만 코기는 나에게 맞춰주고 있는 것이 아니었다. 정말 그렇게 생각하는 것뿐.

우리는 지금 언니네 강아지들(하루와 유키)을 일주일 동안 맡고 있다. 유키가 인형을 좋아해서 내가 태식이(레트리버 인형)를 던져줬더니 코기는 태식이 코가 물어뜯기는 게 불쌍하다며 우울해했다. 결국 태식이를 다시 뺏어서 유키가 찾을 수 없는 곳에 잘 모셔주었다.

그림에 등장한 화분은 집에 배달 온 지 일주일 만에 잎이 몽땅 떨어져서 우리에게 공포를 안겨준 벵갈고무나무이다(자고 일어날 때마다 잎이 바닥에 우수수 떨어져 있어 집에 무슨 문제가 있나 싶었다). 업체에 연락을 했더니 교환해주겠다고 했다. 새로 온 나무는 다행히 지금까지 잘 살고 있다.

그리하여 코기는 나무에게 '부활'이라는 성스러운 이름을 붙여주었다.

얼마 전에 태블릿 PC를 새로 구입했을 때도 이름을 붙이자고 하기에 나는 '굳이 그런 것에까지…'라는 생각에 그냥 "삼성 거니까 '삼성이'라고 불러"라고 한마디 했더니 그 후부터 꼬박꼬박 "삼성이 어딨어?", "삼성이 충전시키자"라며 이름을 불러준다. 그렇게 열심히 불러주니까 '이름을 너무 대충 지었나' 싶어서 괜히 삼성이에게 미안해진다. 한낱 태블릿 PC에 미안해자다니! 나도 어느샌가 코기의 감성에 물들고 있었다.

좋은 어른이 아닌 것 같습니다

내 나이 벌써 서른.
평생 하지 않을 것 같았던
결혼도 해버렸다.

나는 아직 어른 같지 않은데…
이제 어른이 아니면 안 돼.

나는 잘 큰 걸까?
좋은 어른이 된 걸까?

이런 생각을 하다 보면 자토는
머릿속이 금방 복잡해집니다.

내 글과 그림이 누군가를
행복하게 만들어줬으면 좋겠어.

쓱쓱

누군가에게 도움이 되고 싶은
마음을 가지고 있지만

네가 잘살면 안 되지.
별로 노력하지 않았잖아!

아직도 누군가를 시기해서
인정하지 못하거나

이 미용사 머리 진짜 못 자르네.
연습 좀 더 해라!

짜증

잘 모르는 사람을
쉽게 미워하기도 합니다.

그래서 누군가에게 쉽게 상처를 주기도 합니다.

나는 이기적인 사람이 되어버린 걸까.

좋은 사람이 되고 싶다.

하아

하지만 선해지고 싶다는 마음이
있다는 건 일단 좋은 일이잖아.
아주 나쁜 사람은 아니지.

먼저 코기한테
잘해주자.

아직도 좋은 어른으로 크고 싶다고
생각하는 서른입니다.

왜 항상 나야

고양이들이 오이를 보고 까무러치게
놀라는 영상을 본 적이 있나요?

자토는 비슷한 광경을 자주 봅니다.

그렇습니다. 코기 역시 오이를 보면 기겁합니다.

반면 자토는 오이를 좋아하지는 않지만 싫어하지도 않아서

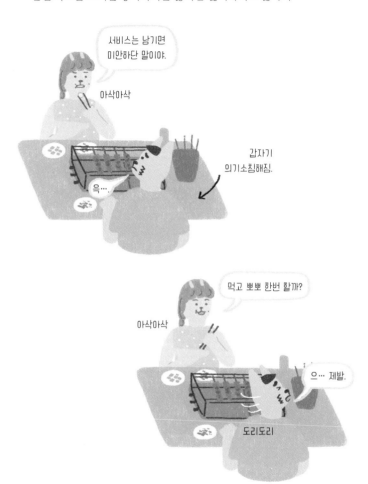

코기 몫까지 다 먹어버립니다.

하지만 냉면집에 가면

점원이 열에 여덟 번은
오이 뺀 냉면을
자토 앞에 놓습니다.

약간 억울한 기분입니다.

'오싫모'를
소개합니다

지금 우리 집 현관문 비밀번호는 '5275(오이시로).' 이 글을 쓴 이상 비밀
번호를 변경해야겠지만 처음 이 번호를 생각해냈을 때 '나는 참 기발도 하
지' 하고 마음에 들어했다. 정작 '오이시로'의 주인공은 도어록을 누를 때마
다 오이가 생각나서 별로라고 이야기했지만.

코기가 쑥스러워하면서 오이를 못 먹는다고 처음 이야기했을 때, 나는
별생각이 없었다. 나도 골뱅이랑 소라 같이 왜 뱅뱅 꼬여 있는지 모르겠는
생물들을 못 먹기 때문에 "사람마다 못 먹는 게 있지"라고 쿨하게 이야기했
다. 그런데 '오싫모' 회원이랑 살다 보니 알게 되었다. 오이가 들어가는 음
식이 이렇게 많을 줄이야! 이제 밖에서 냉면, 김밥, 물회, 샌드위치, 하다못
해 자장면을 먹을 때도 오이가 들어 있을까 봐 긴장이 된다.

아, '오싫모'가 뭐냐고요? 설명드리겠습니다. 코기가 어느 날 상기된 표
정으로 나를 불렀다. 가보니까 스마트폰을 보면서 좋아하고 있었다. 무슨
일인지 물었더니 오이를 싫어하는 사람들을 대변해주는 페이스북 페이지

가 생겼다고 자랑을 한다. 그게 바로 '오싫모(오이를 싫어하는 사람들의 모임)'이다.

오싫모는 생기자마자 10만 명 이상의 팔로워가 생겼다. 뉴스에도 나왔다. 코기는 즐거워했다. 그런데 며칠 전에 문득 생각이 나서 찾아보니까 그 유명했던 페이지가 사라졌다. 회원 수 78명의 다른 오싫모만 있을 뿐이었다. 오리지널 오싫모 페이지는 어디로 사라진 걸까. 혹시 페이지 주인이 전국오이농장협회의 협박을 받은 것은 아닐까. 코기에게 "오싫모 페이지 없어졌어?"라고 물어보니까 모른다고 한다. 애초에 오싫모 페이지에 오이 사진이 너무 많아 가입하지 않은 듯하다.

그럼 나는 왜 이렇게 오싫모에 관심이 많아진 걸까. 아마 나의 전작 《오솔못》과 발음이 비슷해서가 아닐까…라고 슬그머니 홍보를 합니다.

마음속 마지노선

자토는 지금 조금씩 화가 나고 있습니다.

오늘 코기의 술자리가
길어지고 있기 때문입니다.

아침에 분명히 일찍 들어오겠다고
이야기했는데 말이죠.

벌써 새벽 1시가 넘었습니다.

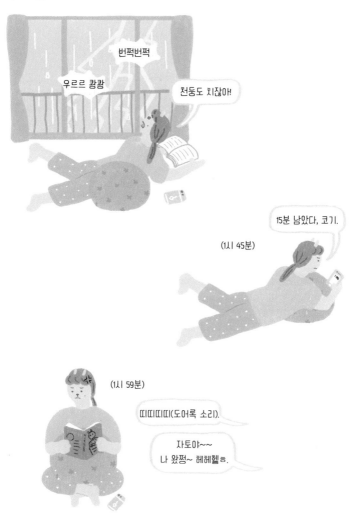

코기가 1시 59분에 들어왔습니다.
운 좋게도 2시 안이네요.

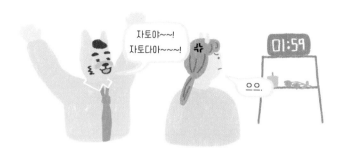

안타깝게도 자토의 마음속 마지노선은
지켜지는 일이 없습니다.

좋아하는 소리

주르록

자토는 화분에 물을 줄 때

오구오구,
잘 먹네.

흙에 물이 스미는 소리를
좋아합니다.

스읍- 스읍-

토스터가 땡 하고 울리는 소리와
잘 구워진 식빵을 자르는 소리.

조용한 가운데 규칙적으로
책장을 넘기는 소리.

그리고 강아지의 잠꼬대
소리도 좋아합니다.

그래도 자토가 가장
좋아하는 소리는

이 소리입니다.

코기의
마사지

월급을 받아서 평소에 사고 싶던 물건을 사거나 다소 비싼 레스토랑에 가보는 것, 또는 뮤지컬이나 콘서트와 같은 문화생활을 즐기는 것은 힘들게 일한 것에 대한 보상이 된다. 그리고 또 하나는 마.사.지.

내게 마사지는 언제나 만족스러운 보상이다. 고등학생 때부터 어깨가 많이 결려서 항상 불편했는데 대학생 때 언니랑 간 태국 여행에서 전신 마사지를 처음 받고 신세계를 맛봤다. 학생 때는 마사지를 받을 만큼 돈이 넉넉하지 못하니까 그렇게 맛만 보고 끝났는데, 직장인이 되어서부터는 한 달에 한두 번 정도 마사지를 받으며 일한 보람을 느끼곤 했다.

다행히 코기도 마사지 받는 것을 좋아한다. 결혼을 한 뒤로는 집 근처의 저렴한 프랜차이즈 마사지숍의 회원권을 끊어서 함께 받으러 다닌다. 그런데 중요한 건, 마사지숍보다 코기에게 받는 마사지가 훨씬 시원하다는 것.

여기엔 두 가지 이유가 있다. 일단은 기술. 마사지를 많이 받아본 코기는 특히 시원했던 기술들을 기억해놨다가 나에게 똑같이 시연해주기 때문이다. 그리고 또 하나는 나의 요구가 정확히 반영되기 때문. 마사지숍에서는 왠지 소심해져서 "더 세게", "조금 약하게"라는 말을 잘 못 하고 참는 편인데 코기에게는 편하게 이야기할 수 있으니까.

그래서 나는 코기 앞에서 계속 스트레칭을 하거나 "아, 오늘 작업을 많이 했더니 어깨가…"라는 혼잣말을 하기도 한다. 코기에게 "어깨 좀 주물러줄까?"라는 소리를 듣기 위해서이다. 그리고 보면 "맛있는 거 해줄까?", "오늘 예쁘네", "자토가 세상에서 가장 중요해" 등등, 내가 좋아하는 소리의 대부분은 코기의 입에서 나온다.

그래서 말인데요

여행은 짐을 쌀 때가
가장 행복하지요.

여행을 좋아하는 자토는

결혼 후 고민이 생겼습니다.

드르륵

OTAI

엄마! 일찍 왔네!

응, 짐부터 부치고 뭐 먹을까?

엄마랑 모처럼 함께
여행을 가면

집에 혼자 있을 코기가 계속 신경 쓰입니다.

그리고 코기랑
여행을 가면

'더 늦기 전에 엄마도 한번
모시고 와야 할 텐데'라는
생각이 듭니다.

게다가 글을 쓰려면
사색을 위한 혼자만의 여행도
필요한데 말이죠.

끄적끄적

그래서 말인데요, 자토는 어쩔 수
없이 여행을 두 배는 더 다녀야
한다고 생각합니다. 어때?

음… 아쉽게도 코기는
설득되지 않았다고 합니다.

아, 진짜?
그럼 이 이야기
들어볼래? 자토는….

자토의 그럴듯한 이야기, 실패.

세 번의 행운

쉬는 날이면 자토와 코기는 집 근처 맥줏집에서
이런저런 수다를 떠는 걸 좋아합니다.

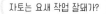

자토는 요새 작업 잘돼가?

아니, 슬럼프인가 봐.
회사 잘 그만둔 걸까?

에이~ 너무 조급해하지 마.
살다 보면 누구나 세 번의
행운이 온다고 하잖아.

끄덕끄덕

일단 자토는 좋아하는 일을
찾은 게 첫 번째 행운이야.
나머지 행운들도 곧 올 거야.

응!

그럼 코기의 세 번의 행운은 뭘까?

나는 이미 다 썼지.

벌써?

일단, 3년 전에 A랑 헤어진 거랑,
2년 전에 B한테 차인 거랑,
그래서 뜻하지 않게 솔로였던
내가 마지막으로 자토를 만난 거.
내 행운들.

술술

코기는 언제나 생각하고 있었다는 듯이 바로
자토를 만난 것이 행운이었다고 이야기해줬습니다.

약간 눈물이 나오려고 하네.

엥? 이런 걸로?

잠깐, 근데 그 말은 역시 내가 성공하는
방법밖에 없다는 이야기잖아.

응. 어쩔 수 없잖아? 나는 자토를 만나는 데 내 행운을
다 썼는걸. 할 수 있지? 열심히 그리자. 파이팅!

행운은
가까이에

코기는 나를 만나기 전에 다른 사람을 좋아하고 있었다. 그 사람과 잘 안 되었기 때문에 솔로 상태였고, 그래서 나를 만날 수 있었다. 코기는 이게 바로 행운이라고 이야기한다. 쭈~욱 솔로였던 것이 행운이라니, 역시 긍정적인 마인드에 감탄!

나 역시 코기를 만나기 전에 여러 번 이별을 겪었다. 나의 연애 패턴은 나쁜 남자 – 착한 남자 – 나쁜 남자 – 착한 남자, 아시죠? 나쁜 남자한테 데고 나면 착한 남자를 만나고, 착한 남자한테 질리면 또다시 나쁜 남자를 만나 상처받고 그리고 다시 착한 남자⋯ 나쁜 남자⋯ 으악! 생각해보니 나의 연애 패턴은 징그럽게도 이런 규칙으로 이어졌다.

옆에서 나의 연애를 모두 지켜봤던 친구들은 내가 '착한 남자'에서 멈추고 결혼해서 참 잘되었다고 입을 모아 이야기했다. 듣고 보니 그렇다. 나는 결국에 '질리지 않는 착한 남자'를 찾았다. 이게 행운이 아니면 뭘까 싶다. 이로써 나의 두 번째 행운은 끝.

그렇다면 나의 마지막 행운은 언제 찾아올까. 어쩌면 기대와는 다르게 행운이라고 인지하지 못할 만큼 소소하게 지나가버릴지도 모른다. 그리고 생을 마감하는 순간, 갑자기 "아! 그게 나의 세 번째 행운이었어…" 하고 깨달을지도. 죽는 마당에도 세 번째 행운을 일찍 알아보지 못했다는 사실에 안타까워하겠지. 그럼 나의 유언은 이런 느낌일까.

"가까이에 있는 행운을 알아보는 것은 중요하지만 참으로 어려웠다."

어쩌면 서로를 원망하는 일이 생길 수도 있다.
그래서 이 글은 그럴 때의 나를 다독이기 위해 썼다.
만약 힘든 일이 생기더라도 '우린 치유력도 두 배니까
둘이서 잘 이겨낼 수 있어!' 하고 마음을 다잡으려고.

3장

TV를 보다가 1

자토의 마사지 받기 스킬이 나날이 발전하고 있습니다.

TV를 보다가 2

오, 저 그룹
컴백했나 봐.

그러게~
원래 네 명인가?

↑ 관심 없는 척인 듯.

저 중에서 누가 제일 예쁜데?

난 자토.

아니, 저 중에서 골라봐.

난 XX가 제일 좋아. 코기는?

그래도 넷 중엔 OO가 제일 예쁘지.

↖ 먼저 말해줘야 안심하고 고른다.

어차피 아무 소용 없다는 것을 알면서도
뜬금없는 보기를 찍으면 괜히 실망하는 자토입니다.

자토와 코기가 신혼집으로 이사하던 날,
침실에는 일부러 TV를 놓지 않았습니다.

TV를 보다가 잠드는 것에
익숙한 코기는 아쉬워했지만

자토는 TV 소리를 듣다가 잠드는 것보다는
서로의 목소리를 듣다가 잠드는 것이 역시 좋다고 생각했습니다.

또, 재미있는 영화가 TV에서 방영되는 날,
"오늘은 거실에 이불 펴고 자자!" 하면
왠지 어린 시절로 돌아간 느낌이 나서 신나기도 하잖아요.

우리
이야기

밤에 거실에서 TV를 보다가 둘 다 눈이 무거워지면 TV를 끄고 침실로 들어간다. 졸린 몸으로 거실에서 방까지 걸어 들어가는 건 왜 이렇게 귀찮은지.

그 몇 미터 때문에 '역시 침실에도 TV를 놓아야 할까' 하고 잠깐 고민해본다. 그래도 아직 침실에 TV를 놓을 생각은 없다. 불을 끄고 침대에 누워서 이야기를 나누는 그 시간이 즐겁기 때문이다.

이때 둘의 대화는 그야말로 아무 말 대잔치. 너무 사소해서 말하지 않았던 이야기들까지 이때다 싶어 나와서 서로의 자장가가 되어준다. 어제 길에서 실수로 벌레를 밟았는데 엄청 징그러웠다는 이야기, 오늘은 남미로 여행 가는 꿈을 꾸고 싶다는 이야기, 내일은 남은 김치찌개에 밥을 볶아 먹어야겠다는 이야기 같은 것들이다.

어젯밤에는 캥거루의 근육에 대한 이야기를 했다. 캥거루는 실제로 보면 상상만큼 귀엽지 않다. 오히려 무서울 정도로 근육질에 덩치도 큰데, 과

연 그 근육은 태어날 때부터 탑재되어 있는 것인가 아니면 자라면서 다져지는 것인가에 대한 토론이었다. 근거도 없는 주장들을 내뱉다가 결론도 내지 않은 채 둘 다 잠들어버렸지만 생각해보면 역시나 즐거운 시간이었다.

이렇게 아무렇게나 내뱉은 이야기들일지라도 TV에서 멋대로 흘러나오는 남의 이야기가 아니라서 좋다. 시시한 우리의 이야기라서 좋다. 그러다 누가 먼저인지 모르게 잠이 들면 오늘이 꽉 찬 것 같아서 좋다.

잊지 말아줘

결혼 전, 자취생 시절.

뒹굴

뒹굴

우왓, 5시네.
빨리 변신해야겠다.

(잠시 후)

오늘따라 왜 이렇게 예뻐?

음? 평소랑 똑같은데?

머리 잘 어울린다!

사실 열심히 꾸미고 옴.

연애할 때는 변신 후에 짠! 하고
만나는 맛이 있었는데

지금은 처음부터
변신 과정을 공유합니다.

자토와 코기는 이렇게 같이 꾸미고 나갔다가,

또 같이 돌아오게 되었습니다.

점점 화장이 간단해지고
옷차림이 편해지는 건 당연한 일일까요.

예전 모습도 잊지는 않았으면 합니다.

정말
안 해도
될까요

　회사를 그만두자 출근을 위한 화장이 필요 없어지고, 결혼을 하자 데이
트를 위해 새 옷을 살 필요가 없어졌다. 매일 티셔츠 차림에 흘러내리는 앞
머리를 실핀으로 고정하고 퇴근하는 코기를 맞이한다. 코기는 지금이 더
좋다고 이야기한다. 나도 그렇다. 무엇보다 일단 편하니까.

　아침마다 하던 화장이 귀찮은 건 아니었다. 늦은 저녁, 피곤한 몸으로
마스카라를 몇 번이나 문질러 닦아내야 하는 게 귀찮았지. 아침마다 옷을
갈아입는 것은 귀찮지 않았다. 내 옷장에는 마음에 드는 옷이 없는데 어떻
게든 입을 옷을 매칭해야 하는 게 귀찮았지. 아침마다 머리를 감는 건… 귀
찮았다.

　나를 꾸미는 일들의 의미가 희미해지면서 이제는 외모에 덜 신경 쓰게
되었다. 너무 게을러지지 않았나 걱정이 되지만 화장에 게을러지는 만큼
피부는 좋아지지 않을까. 초췌해 보였던 맨얼굴도 이제는 익숙해져서 그런
대로 괜찮아 보인다. 아아~ 화장을 해도 안 해도 예쁘다고 해주는 사람이

옆에 붙어 있으면 이렇게 편해지는구나.

그러나 가끔은 귀찮음을 무릅쓰고 최선을 다해 꾸미고 싶은 날이 있다. 누군가에게 예쁘게 보이기 위해 열심이었던, 과거의 설렘들이 그리울 때 말이다. 그런데 오랜만에 한 화장은 잘 먹지도 않고 어색하기 그지없다. 옛날에는 화장하면 몰라보게 환해졌던 것 같은데… 역시 꾸준히 해주는 게 좋은가. 위기감을 느낀 서른 살 여자의 마음이 또 흔들린다.

겁

속속

코기가 야간 근무인 날,
자토 혼자 밤늦게 작업을 하다 보면

가끔 으스스해질 때가 있습니다.

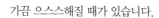

툭!

깜짝

바람? 옆집?
강도? 귀신?

이상한 기운~

상상하면 상상할수록
더 무서워지는 법이지요.

자토는 어쩔 수 없이 코기에게 전화를 걸어
두려움을 털어놓습니다.

지켜주고 싶은 아내 코스프레도 할 수 있어
일석이조입니다.

사실 자토가 지켜주고 싶은 아내가 되어봤자

코기는 자토보다 겁이 많습니다.

가장
겁나는
일

    세상에는 곤란한 일이 참 많다. 이를테면, 거실에서 스릴러물을 보다가 화장실에 가고 싶어지는 일. 겁 많은 부부가 스릴러 드라마는 또 좋아한다. 하나만 할 것이지.

    오늘도 살인자가 갑자기 커튼 뒤에서 튀어나와 칼을 들고 쓱쓱 하는 장면을 보는데 갑자기 화장실에 가고 싶어졌다. 으스스한 기분으로는 도저히 갈 수가 없어서 참다가 생각해보니 왠지 코기도 참고 있을 거라는 생각이 들었다. 아까 맥주를 벌컥벌컥했으니까. 물어보니 역시나였고 우리는 사이좋게 손을 잡고 화장실에 갔다. 화장실 밖에 있는 사람이 신나는 노래까지 불러주는 고전적인 매너까지 발휘하며. 누가 볼까 무서운, 참 완벽한 커플이다.

    나도 코기도 결혼 전 긴 자취 경력을 가지고 있는데 그때는 이 겁쟁이들이 어떻게 살았는지 모르겠다. 혼자서도 잘 살던 내가 이제는 코기가 없는 것이 가장 겁나는 일이 되어버렸다.

평범한 부부의 이중성

자토와 코기 부부는 평범한 것이 최고라고 이야기하면서

돌아오는 길에 로또를 사며 진심으로 1등을 기대합니다.

또, 생일에 함께 맛있는 것을 먹을 수 있다는 것만으로도 만족하면서

초를 불며 더 큰 행운을 기도합니다.

신이 있다면 헷갈려서 소원을 못 들어주는 것이 분명합니다.

특별한 일
하나 없는
우리

여름날, 집에서 뒹굴거리던 우리는 해가 지면 자전거를 타고 밖으로 나간다. 집에서 15분 정도 걸리는 공원에 도착하면 여러 형태의 가족들이 산책이나 운동을 하고 있는데 그 속에 우리가 있다는 사실이 즐겁다.

자전거로 공원을 크게 한 바퀴 돌고, 저녁을 먹고 들어가기로 한다. 무엇을 먹을까 잠시 고민하다가 자주 가는 카레집에서 버섯카레와 새우튀김카레를 시켜서 나눠 먹는다. 그리고 동전 노래방에 가서 소화를 시킨다. 요새 동전 노래방은 어찌나 잘되어 있는지. 게다가 1,000원에 세 곡. 한 곡씩 부르고 마지막으로 유승준의 〈열정〉을 열정적으로 춤추며 함께 부른다.

노래방 옆에 있는 인형 뽑기 가게도 그냥 지나치지 못한다. 돈 먹는 기계라고 언제나 욕하지만 하는 동안 즐거운 건 사실이다. 역시나 빈손으로 돌아오는 길에는 마트에 들러서 먹고 싶은 과자를 하나씩 고른다. 나는 꼬북칩, 코기는 자갈치. 밤에 맥주 한 캔씩 하며 먹기로 한다.

특별한 일 하나 없는 보통의 날을 우리는 이렇게 보낸다. 소소한 행복이라는 것을 느끼는 나날이다. 그러나 가끔씩 소박한 우리의 통장을 보면서 소소해서 소소하게 사는 우리도 참 좋지만, 부유하지만 소소하게 사는 우리가 되면 어떨까 하는 말도 안 되는 마음이 들 때가 있다. 이런 생각을 하던 날, 우연히 보게 된 일본 드라마 〈도망치는 건 부끄럽지만 도움이 된다〉에서 다음의 대사가 흘러나왔다.

"사람들은 언제나 자신에게 없는 것만 부러워하니까."

신이 있다면, 그가 나에게 이 드라마를 보게 한 것이 분명하다.

무명의 코기

다들 이런 경우 있으신가요?

제가 무명 시절 대학로에서
<키사라기 미키짱>이라는 연극을 했었는데,
그때 OOO 선배와 인연이 닿았죠.

(P군, 배우)

앗! 나 OOO 나오는 그 연극 봤는데!
P군도 있었구나!

팬심 폭발!

그 역할, P군인 줄 알았더라면
완전 관심 있게 봤을 텐데.
맨 앞줄이었는데.

자토는 이럴 때 그 배우를
유심히 보지 않은 것을 아쉬워합니다.

225

전 회사에서 그냥 후배였던 코기는

무관심-

타닥타닥

자토의 남편이 되었지요.

《오늘도 솔직하지 못했습니다》
라는 책 아세요? 재밌어요.
꼭 보세요. 작가가 미인이에요.

(코기, 자토 남편, 홍보부장)

자토 인생에서 무명이었던 시절의
코기는 어땠을까요.

아, 그거 저한테
있습니다.

빤히-

역시 지금처럼 다정했을까요?

다른 사람을 좋아했을 때는 어땠을까요?

조금 더 유심히 봐뒀으면 재미있었을 텐데.
아쉬워하는 자토입니다.

제가
꼬셨습니다

우리는 회사 선후배 사이였다는 이야기를 앞서 잠깐 했는데, 덕분에 1년 반 정도 비밀 연애를 했다. 같이 출근하면서 시간 차를 두고 회사에 들어오거나, 둘만의 이야기를 속닥이다가 동료들이 오면 "음음, 코기 씨, 그런데 이 보고서가…" 하면서 말 돌리기 기술을 시전하는 것 말이다.

우리 사이를 모두에게 공개한 건 내가 회사를 그만두기 일주일 전이다. 친한 동료들 사이 솔로 대열에 서서 항상 남자 친구가 없는 척을 하느라 죄책감을 많이 느꼈는데 말하고 나니 속이 다 후련했다. 그리고 가지각색으로 놀라는 반응들에 약간의 즐거움을 느꼈다. 내 이야기든 남의 이야기든 "이건 비밀인데" 혹은 "이건 비밀이었는데" 하고 시작되는 이야기는 왜 이렇게 흥미로운 걸까. 반성한다.

연애를 공개했을 때 이미 눈치채고 있었다는 사람들도 몇 명 있었지만 대부분은 경악 수준으로 놀라워했다. 나와 코기가 유독 붙어 있었던 건 보았지만 '사귀고 있을지도…'라는 생각 자체를 못 했다는 것이다. 그 이유는 일단 사람들에게 말했던 나의 이상형 때문이다(나의 과거 이상형과 코기는 상당히 다르다. 아마 코기의 이상형도 내가 아니었을걸?). 게다가 내 키가 더 커서 사람들은 우리가 어울린다는 생각을 못 했다. 덕분에 우리는 성공적으로 비밀 연애를 마칠 수 있었다. 그리고 신기하게도 지금은 닮았다는 이야기를 많이 듣는 부부가 되었다.

사실 공개 안 한 것이 하나 더 있다. 사람들은 당연히 코기가 먼저 나를 꼬신 줄 알고 있다. 하지만 틀렸다. 내가 꼬셨다. 코기가 먼저 나를 좋아했던 건 맞지만 그 발단은 내가 만들었다. 사귀기 전에 우연히 같이 있었던 술자리가 끝나고 집이 같은 방향이라 택시를 함께 타고 갔다. 그때 술에 취한 내가 먼저 "졸리니까 어깨 좀 빌려주세요"라고 이야기했다고 한다. 친하지도 않은 주제에 빌린 어깨를 잘도 베고 집까지 왔고, 나를 내려주고 돌아가는 택시에서 코기는 "두둥, 폴 인 러브~" 상태가 된 것이다. 어깨 한 번 빌린 일이 결혼까지 이어질 줄이야. 사람 일은 참 모르는 거라니까.

가끔 사내 커플 유경험자로서 사내 연애 하는 것이 어떠냐고 물어보는 사람들이 있는데, 나는 박수치며 추천한다. 만약 헤어지면 한 명이 그만둘 때까지 매일 얼굴을 봐야 한다는 점이 괴롭겠지만 그 만약의 경우까지 생각해서 몸을 사릴 정도로 사랑은 쉽게 찾아오지 않으니까. 사내 커플이라는 점 때문에 연애를 시작할지 말지 망설이지 마세요. 사랑이 찾아오면 사랑을 즐겨야지요! 뒷일은 '미래의 나'가 짊어질 거예요. 하하.

냉동실 호러

안녕하세요.
저는 냉장고의 냉동실 왼쪽 칸입니다.
오늘부터 일해요.

그럼, 이걸로 하자.

제 주인은 사이좋은 부부예요.
저를 데리러 같이 왔더라고요.

아아, 그나저나 여기는 썰렁하네요.
빨리 친구들이 왔으면 좋겠어요.

얼마 되지 않아 첫 번째 친구가 들어왔습니다.

그 후로 끊임없이 친구들이 들어왔어요. 하하.

(자토의 시가는 경주, 친가는 춘천입니다)

(수많은 날들이 흐른 뒤)

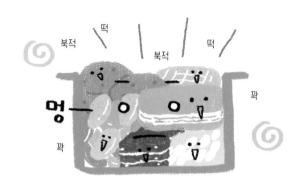

몇 개라도 처리해야겠다.
오늘 아침은 개떡,
간식은 떡볶이다!

하아,
이제 좀 살 것 같아.

(그리고 며칠 뒤)

안녕~ 우리 설날이라서
온 떡국 떡이야.

두둥

또다시 설날이 되었습니다.

냉동실 호러 이야기 *끄읕!*

100점짜리 답변

코기는 가끔 기발한 답변으로
자토를 기분 좋게 합니다.

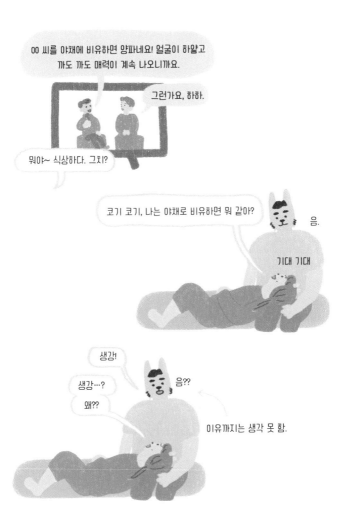

100점짜리 답변에 이어서인지라
더 충격적이었습니다.

자토는
소화제

"자토는 생강 닮았어."

최악. 생강이 어떻게 생긴 건 줄 알고 말한 걸까. 다른 야채와 헷갈린 건 아닐까. 그렇지 않고서는 이렇게 당당하게 이야기할 리가 없다. 혹시 착각 했을 수도 있다고 생각해서 아이폰으로 생강을 검색해 코기에게 보여줬다. 울퉁불퉁한 생강들의 사진을 보고 코기는 "응. 이거 맞아. 생강. 생강도 예 쁘게 생긴 건 얼마나 예쁜데"라고 했다. 당연히 예쁘게 생긴 건 예쁘다. 고 구마도 예쁘게 생긴 건 예쁘고, 돼지감자도 예쁘게 생긴 건 예쁘다. 하다못 해 길가의 돌멩이도 예쁘게 생긴 건 예쁘지 않나.

그런데 왜 하필 생강이냐고. 다른 의미 있는 이유가 있을까 싶어서 물어 봤지만 코기는 끝내 이유를 얼버무렸다. 결국 나를 왜 생강이라고 했는지 정확한 이유를 듣지 못했다. "생강이 몸에 좋잖아. 자토도 나에게 그런 존 재야!"라는 답변도 있을 텐데 코기는 마음에 없는 말은 또 잘 못 한다.

실망한 나는 그럼 과일에 비유해보라고 다시 기회를 줬다. 사과, 복숭아, 딸기 같은 상큼한 과일이길 바라며…. 코기는 물어보자마자 바로 답변했다.

"배."

애매하다. "왜?"라고 물어봤으나 이유는 역시 없었다. 생강과 배의 공통점은 소화가 잘된다는 점밖에 없다.

머리에 대해서

코기는 2주에 한 번씩 머리를 깎습니다.

머리를 깎을 때마다 만족하거나 실망하는데

미안합니다만 자토 눈에는 별 차이가 없습니다.

그래서 이런 경우도 있었습니다.

물론 코기도 자토를 보면 그렇겠지만,

그래도 코기는 너무 심한 거 아닙니까.

포옹을
좋아하는
올라프

비 오는 날이 좋다. 창문 너머 빗소리가 작업 방 BGM으로 깔리면 감수성이 풍부해져서 작업이 한층 수월하다. 선물받은 향초를 켜고 작업하는 것도 비가 오는 날에만 낭만적이다. 그리고 이런 날 빗속을 뚫고 축축한 신발로 출퇴근할 수밖에 없는 사람들을 생각하면 상대적으로 뽀송뽀송한 행복감을 두 배로 느낀다.

아아, 나는 못됐다. 그래서 나는 그 벌로 반곱슬이 되었다. 반곱슬이 비오는 날을 좋아하는 것은 마치 올라프가 따뜻한 포옹을 좋아하는 것과 같다. 올라프야, 널 이제야 이해한다.

비 오는 날에는 머리를 절대 풀 수 없다. 풀면 바로 해그리드한테 너 짱이라고 인정받을 정도로 머리가 부푼다. 머리를 묶어도 앞머리는 반항하듯 더 꼬불꼬불해지기 때문에 마치 코기가 좋아하는 미역을 연상시킨다. '그럼 코기한테 더 사랑받을지도 몰라'라는 생각이 잠깐 들었지만 코기는 미역국을 좋아하는 거지 미역 같은 앞머리를 좋아하는 건 아니잖아! 밖에 나가면 사람들이 파마했냐고 묻는다. 아니요, 제가 반곱… 이제 그냥 파마했다고 말하는 것이 더 편할 듯하다.

그래도 긍정적인 마음으로 반곱슬의 장점을 생각해본다. 일기예보 기능이 있다. 아침에 머리 스타일링이 잘 안 되고 자꾸 이리저리 휘는 것 같으면 그날은 비가 온다. 오늘도 머리가 말을 안 듣는다. 비가 올 것 같다. 그런 의미에서 오늘 저녁은 미역국이다.

내 마음이 들리나요

자토는 가끔 코기가 의심스럽습니다.

이런 경우가 한두 번이 아니라서

혹시 본인이 *사토라레가 아닐까 무서워하기도 합니다.
*사토라레: 생각하는 것이 주위 사람들에게 들리는 능력을 지닌 영화 캐릭터

어느 날, 자토는 또 의심을 품게 되었는데….

코기의 말끔한 답변이 도움이 되었습니다.

하지만 진짜 원인은
자토의 눈빛인지도 모르지요.

부부란 그런 건가? 막 텔레파시가 통하고 그러나? 그렇지만 난 텔레파시를 보낸 적이 없는데. 최근에 또 몇 가지 일이 있었다.

하나. '냉동실 호러(231페이지 참고)' 스토리를 쓰고 컴퓨터에 저장해놓은 바로 다음 날, 코기가 냉동실을 열며 "자토야, 이 떡들 진짜 다 어떡하지?"라며 평소에는 쳐다보지도 않던 냉동실의 떡을 언급함. 헉, 왜 갑자기 떡들이 신경 쓰여?

둘. 코기가 친구들을 만나러 나간 날, 뭐 하면서 놀고 있나 궁금해서 카톡을 켜는 순간 친구들과 다정하게 삼겹살을 먹고 있는 사진이 옴. 헉, 나 아직 카톡 안 보냈는데.

셋. 코기가 계속 나를 원숭이라고 놀리면서 원숭이 흉내를 내기에 한 번만 더 하면 화내야겠다고 생각한 순간 코기가 장난을 멈춤. 헉, 한 번만 더 하면 전쟁 선포였는데.

정말 신기한 일이다. 이런 일이 반복되다 보면 나중에는 대화도 필요 없을 듯하다. 또, 남편에게 일방적으로 텔레파시가 보내져서 고민인 아내로 〈안녕하세요〉 같은 프로그램에 출연해서 신동엽도 보고, 예능인으로 데뷔해서 박나래 장도연처럼(키로 보면 내가 장도연) 듀오로 반짝 활동할 수도 있다. 그 시기에 이 책이 출간되면 많이 팔릴지도. 좋다, 좋아!

그런데 그렇게 되면 비밀정보기관 같은 곳에서 나를 쥐도 새도 모르게 데리고 갈지도 모른다. 내 뇌를 검사하고 쪼개보고 실험해볼지도…. 그런 뒤 나는 기억상실증에 걸려 길거리에 버려진다. 또르르. 하아. 나의 망상은 왜 항상 새드 엔딩으로 끝나는 걸까.

코기 보아라. 가끔 몰래 컴퓨터를 켜서 내가 써놓은 원고를 읽고 있는 것이 아니라면 어떻게 나의 생각을 그렇게 잘 꿰고 있는지 설명해달라. 가끔 너무 소름이 끼쳐서 못 살겠다. 아니면 나는 정말 사토라레인 것인가. 그렇다면 속으로 했던 그 수많은 음흉한 생각들은 어떡하지… 코기 욕도 몇 번 했는데. 망했다. 차라리 원고를 몰래 읽은 것이길 바란다.

어린이 입맛

(치즈 올린 식빵) (그냥 식빵)

치즈 올린 식빵과 그냥 식빵을
토스터에 4분 굽습니다.

계란을 풀어
양파를 잘게 썰어 넣고,
설탕을 살짝 뿌린 후
섞습니다.

탁

탁탁

치이익

프라이팬에 기름을 두르고
예쁘게 굽습니다.

각자의 취향대로 토스트를 완성.

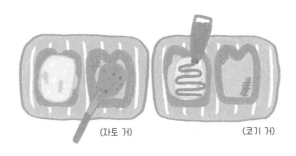

(자토 거)   (코기 거)

이 부부가 서로에 대해 같은 생각을 하고 있다는 것은
토스트를 몇 번 더 해 먹은 후에야 알게 되었습니다.

정확한
판결

코기의 오뚜기 토마토케첩에 대한 사랑은 대단하다.

하나. 집에서 토스트를 해 먹을 때 나는 딸기 잼, 코기는 케첩을 바른다.
둘. 베이글을 구워 먹으면 나는 크림치즈, 코기는 케첩을 바른다.
셋. 남은 피자를 데워 먹을 때도 코기는 케첩을 바른다.

'케첩 하나면 다 해결되는, 완전 어린이라니까.'

이렇게 생각하고 있었는데 어느 날 코기가 식빵에 딸기 잼을 발라 먹고
있는 나에게 "자토는 정말 어린이 입맛이라니까, 후후"라고 이야기했다. 뭐
라고? 올해 들은 말 중에 가장 황당했다. 어떻게 케첩이 딸기 잼한테 어린
이라고 할 수 있지? 당연히 케첩이 어린이다. 딸기 잼은 어른이라고!
이렇게 말했지만 코기는 계속 '딸기 잼=어린이 입맛' 주장을 굽히지 않

는다. 집에 둘밖에 없으니까 이렇게 중대한 논쟁이 일어나도 결론이 나지 않는다. 가위바위보로 정할 수도 없고. 그래서 우리는 더 어른인 언니에게 카톡을 보내 물어보기로 했다.

'언니, 토스트에 캐찹 vs 딸기 잼. 뭐가 더 어린이 입맛 같아?'

판사님의 답변이 바로 왔다.

'케첩. 근데 캐찹 아니고 케첩!'

아아, 나의 입맛은 어른으로 판정되었지만 맞춤법은 아직 어린이였다.

 # 언제나 예스

오늘은 모처럼 동네를 벗어나 데이트를 합니다.

자토가 기대하던 전시회를
함께 보러 왔습니다.

그러나 자토는
잘 알고 있습니다.

코기는 이 전시회에
흥미가 없다는
사실을 말입니다.

그래도 코기는
시종일관 밝은 모습입니다.

코기는 자토가 하고 싶은 것이 있으면 뭐든 함께해줬습니다.

이 사실을 깨달은 자토는 마음이 몽글몽글해집니다.

사실은 자토,
까먹고 있었네요.

(1년 전)

코기도 거절한 적이 한 번 있잖아요.

아무리 코기라도 등산만큼은
사랑하는 마음만으로
힘든가 봅니다.

눈물의
피렌체

코기의 마인드가 '자토와 함께라면 어디든 좋아!'이다 보니(훌륭하다) 쉬는 날 어디에 놀러 갈지는 보통 내가 결정한다. 이제는 코기가 어떤 곳을 좋아하고 어떤 곳에 흥미가 없는지 대충 안다. 코기는 산보다 바다를 좋아한다. 그 이유는 해산물을 좋아해서이기도 하다. 미술관이나 박물관은 좋다고 이야기하지만 옆에서 보면 그냥 그런 것 같다. 뮤지컬은 꽤 좋아한다. 저번에 함께 갔던 클럽은 당시에는 잘 노는 것처럼 보였는데 다녀와서는 별로였다고 이야기했다. 수영장이 있는 곳을 좋아하고, 본인의 수영 실력을 자랑하는 것을 좋아한다. 이런 경험들을 바탕으로 나는 데이트 장소를 결정한다.

그런데 작년에 사건이 터졌다. 나는 퇴사 후 10월 한 달간의 유럽 여행을 계획하고 있었다. 이탈리아와 스위스 두 나라를 여행하기로 마음먹었는데, 코기도 휴가를 내서 나의 여행 일정 중 마지막 열흘을 함께하기로 했다. 그리고 다른 친구 두 명도 내 여행 기간에 맞춰서 휴가를 오고 싶다고 했다. 그래서 나는 총 세 명과 각각의 여행 계획을 세워야 했다. 먼저, 누구와 어디를 갈 것인가에 대해서 고민했다. 코기와는 이탈리아를 여행하고 싶었다. 코기는 조용한 레스토랑보다 북적이는 야시장을 더 좋아하기 때문에 고즈넉할 것 같은 스위스보다 관광객들의 활기가 넘치는 이탈리아가 더 잘 맞을 것이라 나름 추측한 것이다. 그리하여 나는 친구 A와는 스위스, 친구 B 그리고 코기와는 이탈리아의 지역을 나누어 각각 여행할 계획을 세우고 떠났다.

다른 친구들과의 여행이 끝나고 드디어 코기가 오는 날이 되었다. 우리는 서울이나 인천이 아닌 로마에서 색다른 기분으로 상봉했고 3일 후에는 도시 전체가 하나의 예술 작품이라고 불리는 피렌체에 도착했다. 고고한 피렌체의 자태를 보고 누구나 그렇듯 나는 몹시 흥분한 상태였다. 그러나 코기는 그 '누구나'에서 제외되었는지 큰 감흥이 없는 모습이었다. 사실 이탈리아 여행 내내 그랬다. 이탈리아는 코기 스타일의 여행지가 아니었던 것이다.

지금은 '그럴 수도 있지'라고 생각하지만 당시에는 내가 정한 여행지에서 나만 들떠 있으니 알 수 없는 초조함이 생겼다. 나는 그 초조함을 해소하기 위해 자꾸 코기의 기분을 확인했다. 시도 때도 없이 "멋있지?", "예쁘지?", "재밌어?"라고 물어보았고 그럴 때면 "응, 근데 엄청나게 멋있기보단… 난 그냥 자토랑 있으니까 좋아" 같은 답이 돌아왔다. 평소 같으면 감동받을 말들이었지만 '힘들여 멀리까지 왔는데 나만 좋고…. 내가 여행지를 잘못 선택한 건가'라는 생각에 속상해졌다.

이런 상태로 피렌체 두오모를 볼 수 있다는 '조토의 종탑'에 오르게 되었다. 기대에 차서 신나하던 나와는 다르게, 끝도 없는 계단을 보며 한숨을 쉬는 코기를 보고 감정이 폭발해버렸다. 결국 나는 눈물을 뚝뚝 흘리기 시작했다. 그리고 한참을 그렇게 못난 얼굴로 피렌체를 돌아다녔다. 결국 코기가 (영문도 모르면서) 어떻게든 해결해야겠다 싶었는지 화장실에 다녀오겠다고 하고 꽃을 사다 줘서 나는 두 시간 만에 다시 웃게 되었다.

지금 생각해보면 그 먼 땅까지 나를 따라온 사람에게 너무했다는 생각이 든다. 그래도 무언가를 결정하는 사람에게는 이만한 스트레스가 있다는 말이다. 그 후부터 여행 계획은 무조건 함께 세운다. 하지만 왜인지 나의 선택이 항상 코기 선택의 부분집합으로 속해 있어 여전히 내가 하고 싶은 것은 몽땅 하는 것 같다. 등산만 빼고.

더 행복해지는 방법

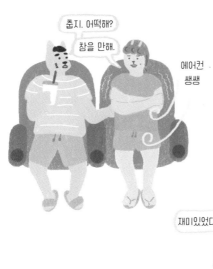

춥지. 어떡해?

참을 만해.

에어컨 쌩쌩

자토와 코기는
편한 차림으로
심야 영화를 보는 일을
좋아합니다.

재미있었다. 그치?

응! 그런데 다음부터는
옷을 가지고 다녀야겠어.

넌 추웠쩡!

꼬옥

그럼 따뜻한 우동 한 그릇
먹고 갈까? 저기 24시간이야.

그래!

그리고 따뜻한 우동 한 그릇에 마음이 야들야들해집니다.

따뜻해진 몸으로 집에 돌아오는 길에

2,000원으로
보라색 꽃을 한 단 삽니다.

꽃을 들고 가던 자토는
갑자기 너무나 행복해졌습니다.

그리고 그 기분을
놓치지 않고
입 밖으로 이야기합니다.

이 말을 들으면
더 행복해지거든요.

슬픔도
나누면
배가 된다

'행복은 나누면 배가 된다'는 말은 맞기도 하고 틀리기도 하다. 그리고 이 말에는 '사랑하는 사람과'라는 전제가 들어가야 맞다. '사랑하는 사람' 범주에는 배우자, 가족 또는 친구도 들어갈 수 있다. 나를 사랑하지 않는 사람과 행복을 나눠보면 배가 되기는커녕 시기와 질투를 만들어내기에 십상이다. 가끔 관계가 없는 사람의 SNS 속 사진들이 우리를 뾰족하게 만드는 것도 그런 예일 것이다.

반대로 코기가 샤워할 때 콧노래를 흥얼거리면 밖에서 듣는 나도 덩달아 기분이 좋아진다. 코기가 게임에서 운 좋게 희귀 아이템을 뽑았다고 기뻐하면 나도 왠지 즐겁다. 또, 코기가 로또에 당첨되었다고 환호한다면? 역시 '사랑하는 사람과'는 행복을 나누면 배가 된다.

반면 '슬픔은 나누면 반이 된다'라는 말은 옳지 않은 것 같다. 겪어보니까 슬픔도 나누니 두 배가 되었다. 예를 들어 내가 어딘가 아플 때면 나도 슬프고 코기도 슬프다. 우리가 아무 관계도 아니었다면 나만 슬퍼해도 되는데 말이다. 짜잔, 슬픔이 양적으로 두 배가 되었다.

결혼은 내 인생에 다른 사람의 인생이 통째로 들어오는 것이다. 행복은 물론 내가 혼자였다면 겪지 않아도 되는 슬픔까지 따라온다. 하지만 결혼을 하고자 하는 사람들은 그런 걱정은 하지 않는다. 그들이 손을 잡고 함께 하기로 하는 이유는 무엇일까? 슬픔을 이겨내는 힘도 혼자일 때보다 두 배, 아니 그 이상 커진다는 것을 알고 있기 때문이 아닐까?

코기와 나는 아직까지 함께 겪은 슬픔보다 행복이 더 많았다. 행복하면 행복할수록 불안해하는 것이 내 성격. 우리에게도 언젠가 슬픈 일이 생기겠지. 어쩌면 서로를 원망하는 일이 생길 수도 있다. 그래서 이 글은 그럴 때의 나를 다독이기 위해 썼다. 만약 힘든 일이 생기더라도 '우린 치유력도 두 배니까 둘이서 잘 이겨낼 수 있어!' 하고 마음을 다잡으려고.

방법이 있습니다

자토는 코기의 이런 점이 조금 불편합니다.

또 놓침.

그러던 어느 날,
자토는 방법을 찾은 것 같습니다.

코기가 말을 하려는 순간!

TV를 보고 놀란 척
"헉!" 하고 외치는 것입니다.

(다음 날)

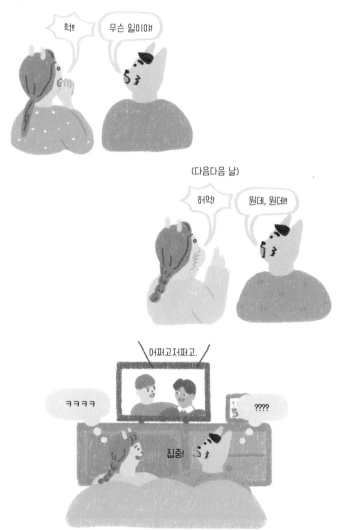

어쩐지 TV보다 코기의 반응이 더 재미있어진 자토였습니다.

코기의 불만

같이 술을 마시던 어느 저녁, 코기가 이야기했습니다.

그런데, 자토는 나랑 술 마실 땐
왜 많이 안 마셔?

음?

왜애~ 다른 사람들이랑 마실 땐
취할 때까지 마셔서 해롱해롱하면서
나랑 마실 땐 한두 잔만 마시고
안 마시잖아.

맞아, 그런 편이지.

그게 서운했어?

서운하지~ 나도 자토랑 가끔은
해롱해롱 놀고 싶단 말이야.

자토에게는
물론 이유가 있습니다.

다른 사람들과의 만남에서는 술이
즐거운 분위기를 만들어주곤 하지만

코기랑 있을 때 자토는 술이 없어도 항상 재밌고 편하거든요.

코기가 들으면 감동받을 이야기죠?

그러나 자토는 코기에게 솔직히 말하지 않습니다.

오늘도 이렇게 추억 하나가 만들어졌습니다.

278

떨어진 마음들

자토의 마음은 나무에
간당간당 붙어 있는 잎들처럼

펄럭펄럭

작은 일에도 너무나 들뜨고 기대하며

우수수

또 작은 일에도 너무나
슬퍼하고 좌절합니다.

이렇게 떨어진 마음들은
여기저기 흩어져 수습이 안 됩니다.

그런 마음들이 밟히고 찢기기 전에
쓸고 또 쓸어 모아주는 것은

아마도 자토를 사랑하는 사람만이 해줄 수 있는 일.

일희일비 흔들리는 나의 마음을 다독일 수 있는 건

한결같이 나를 사랑해주는 누군가의 마음입니다.

서로의 마음을 산책 중

ⓒ 자토 2017

2017년 11월 29일 초판 1쇄 발행
2018년 1월 5일 초판 3쇄 발행

지은이 | 자토
발행인 | 이원주
책임편집 | 김은경
책임마케팅 | 조아라, 홍태형

발행처 | (주)시공사
출판등록 | 1989년 5월 10일(제3-248호)

주소 | 서울시 서초구 사임당로 82(우편번호 06641)
전화 | 편집(02)2046-2853 · 마케팅(02)2046-2883
팩스 | 편집 · 마케팅(02)585-1755
홈페이지 | www.sigongsa.com

ISBN 978-89-527-7959-5 03810

이 도서의 국립중앙도서관 출판예정도서목록(CIP)은 서지정보유통지원시스템 홈페이지
(http://seoji.nl.go.kr)와 국가자료공동목록시스템(http://www.nl.go.kr/kolisnet)에서 이용
하실 수 있습니다.(CIP제어번호: CIP2017028002)